Tous ensemble vers où ?

Tous ensemble vers où ?

Avant-propos

En 2016, est sorti le livre : Françoise Breynaert, *La Venue glorieuse du Christ. Véritable espérance pour le monde*. « Solidement ancré sur les fondements scripturaires et patristiques, le livre de Françoise Breynaert nous expose l'enseignement de l'Église sur le retour glorieux du Christ, tout en nous mettant bien en garde contre les autres messianismes, religieux ou politiques » (Mgr Rey).

Il fallait en faire une adaptation pour la jeunesse. Certes, les temps que nous vivons sont des temps troublés, mais il faut regarder au-delà, vers la Venue glorieuse du Christ. Il ne nous revient pas d'arracher l'ivraie du champ, d'éliminer les mécréants : c'est le Christ qui est chargé de ce jugement, quand il viendra avec ses anges. Ceci étant dit, il y a une espérance pour le monde, et donc pour les jeunes. Ils peuvent devenir ingénieurs ou agriculteurs, architectes et bâtisseurs, avoir des enfants ou devenir prêtres… L'humanité sur la Terre doit accomplir le but et la grandeur pour lequel Dieu l'a créée, avant l'assomption finale dans l'éternité.

Cet ouvrage comporte :

1° Une explication synthétique à déclamer : « Tous ensemble vers où ? »

2° Des paroles bibliques écrites en cadence pour être mises en musique selon le talent de chacun.

3° Une pièce de théâtre inspirée du livre de l'Apocalypse et adaptée pour une classe (27 acteurs).

4° Une catéchèse illustrée présentant l'histoire du salut et la grande espérance pour le monde, et un tableau pour peindre.

5° Des références pour les adultes accompagnateurs.

© 2022, Françoise Breynaert
Édition : BoD – Books on Demand,
12/14 rond-point des Champs-Élysées, 75008 Paris
Impression : BoD - Books on Demand, Norderstedt, Allemagne
ISBN: 978-2-322-41224-2
Dépôt légal : janvier 2022

Tous ensemble, vers où ?

(En YouTube avec ce titre sur la playlist de Françoise Breynaert)

Faire quelque chose **tous ensemble**.
Ensemble, comme dans un train, mais vers quelle destination ?
Tous ensemble, vers quelle fin ?
Quand on regarde des films sur **l'Apocalypse**,
ou simplement les affiches de films sur l'Apocalypse,
on pourrait croire que le monde serait voué à la « **destruction** »,
À tel point que quand on dit « Apocalypse » on pense à « destruction »
mais c'est un **raccourci**.

Le raccourci remonte à la fin de l'œuvre de saint AUGUSTIN, vers l'an 410...
Depuis des siècles par conséquent. Mais il est temps de ne plus faire ce raccourci.
L'étymologie du mot Apocalypse veut dire révélation, dévoilement.
Le livre de l'Apocalypse n'annonce pas une destruction finale, mais une **révélation finale**.

Saint AUGUSTIN, était berbère et évêque, toute l'Afrique du Nord faisait alors partie de l'empire romain qui était chrétien.
Ce qui nous intéresse, c'est un de ses **sermons** oubliés, un sermon de jeunesse, le sermon 259. Il commente la Bible et

explique que le retour du Christ, la venue glorieuse du Christ, ce n'est pas la destruction. C'est une ère, une ère de paix sur la terre. Cette ère de paix s'achève par le passage dans l'éternelle Vie.

200 ans auparavant, vers l'an 180, il y a à Lugdunum (Lyon) en Gaule un autre personnage remarquable, saint IRENEE de Lyon. C'est un disciple de Polycarpe en Asie Mineure, lui-même disciple de saint Jean l'auteur du livre de l'Apocalypse. Il est au plus proche de sa pensée.

Il explique ceci : il y a à la fin des temps la venue glorieuse du Christ qui va anéantir celui qu'on appelle l'**Antichrist**, sombre personnage appelé aussi le « faux prophète ».

Et tous ceux qui avaient rejeté le système de cet Antichrist formeront alors sur la terre le royaume des justes. Jusque-là, ils n'étaient **pas forcément des chrétiens**.

Désormais, ces justes vivent dans la présence glorieuse du Christ, accompagné des saints du paradis et des anges et se préparent à l'éternelle Vie (car cette terre-ci finira par passer).

Parabole des Talents : Un « maître » revient « après un long temps », et qui dit au serviteur bon et fidèle, « en peu de choses tu as été fidèle, sur beaucoup je t'établirai ; entre dans la joie de ton seigneur » (Matthieu 25, 23), tandis que le serviteur bon à rien est jeté dans la fournaise ardente (le jugement accompagne la Parousie).

Waouh ! Dans ce que je viens de vous dire il y a des expressions qu'il va falloir décrypter et expliquer.

Tous ensemble vers où ?

Il y a d'abord une base, c'est qu'on accepte de parler de Dieu, que l'on accepte de parler de Jésus comme un être divin capable non seulement de juger mais aussi de vivifier.

Je vous raconte une petite histoire. Une petite histoire vraie.

J'ai une amie, elle est née au Maroc, elle a une trentaine d'années, et n'a pas connu ses parents biologiques : quand elle se promène dans la rue elle me dit « tu vois ces gens là-bas, ils me ressemblent tu ne trouves pas ? Ce sont peut-être mes parents... ils ont à peu près 30 ans de plus que moi », et elle pressent que toute sa vie elle va porter un désir profond qui est le désir d'une rencontre, le désir de rencontrer ses parents biologiques.

Eh bien nous, ne serions-nous pas sur cette terre un peu comme des orphelins qui souhaiteraient rencontrer leur Créateur et savoir qui ils sont... Avoir la noblesse d'agir avec Lui ?

Ou bien ne serions-nous pas, simplement, comme des enfants perdus qui veulent comprendre le sens de leur existence sur cette planète bleue ? Certains veulent même chercher tout seuls au fond d'eux-mêmes l'étincelle divine qu'ils croient détenir...

Ne constatons-nous pas aussi chez beaucoup de gens tout simplement un désir d'amour ?

Peut-être même que Celui qui nous a donné l'existence veut, tout autant que nous, s'unir à nous dans l'amour, dans une relation qui tout à la fois nous différencie et nous unit dans l'amour, nous donne la noblesse et la force d'agir avec Lui... ?

En lisant saint Irénée, j'ai vérifié dans la Bible.

Je vous lis un seul verset : « Jésus reviendra pour la **vivification** de ceux qui l'attendent » (saint Paul lettre aux Hébreux chapitres 9 verset 28). Il n'est pas d'abord dit que Jésus vient **pour juger ou pour détruire**, il vient pour vivifier. Le mot araméen est très clair même si on traduit généralement par le mot « salut » ; il s'agit d'une **vivification (salutaire)**. Un peu comme des vitamines ! Jésus est la vie qui vient nous donner la vie, avant de nous donner l'éternelle vie.

Avec lui nos actes seront pleinement **vivants, puissants, efficaces dans l'ordre du bien.**

Tout ceci n'est **pas un discours facile.**

Nous ne parlons pas d'une évolution tranquille vers un avenir radieux.

Nous parlons d'un Antichrist donc d'une lutte, d'un choix, d'une **prise de position**.

Nous parlons d'un **Jugement**, et pas seulement un jugement entre le bien et le mal qui sont au fond de mon cœur mais d'un jugement entre les hommes. Ce n'est pas un jugement que moi je vais faire, c'est un jugement qu'un autre fera.

Vous avez vu que ce processus de la fin ne concerne **absolument pas uniquement que les chrétiens**. Il est question d'un Antichrist et de se positionner pour ou contre l'Antichrist. **Même un non chrétien peut se positionner contre l'Antichrist**, en disant « non ça c'est pervers je n'en veux pas, je ne veux pas ça ».

Mais la question importante, maintenant, c'est de savoir si ce serait grave pour l'humanité, pour notre société, **d'oublier**

Tous ensemble vers où ?

ou d'omettre cette idée de la venue glorieuse du Christ et du royaume des justes sur la terre qui doit advenir avant l'éternelle vie.

En fait, de nos jours, alors que le monde entier a plus ou moins connu les idées chrétiennes, si on oublie la Venue glorieuse du Christ alors les **mécanismes** les plus pervers se mettent en route ; des **mécanismes** messianistes et mortifères.

Avant le christianisme on n'avait pas l'idée d'un monde sans mal. On s'était accoutumé à l'idée qu'il y a du mal sur la terre et que même les dieux se font la guerre.

L'idée d'un monde où il n'y aurait plus de mal est une idée chrétienne. Si on garde cette idée mais si on oublie la fin de la phrase, c'est-à-dire l'idée de la Venue glorieuse du Christ et du royaume des justes, et bien on va vouloir accomplir tout seul l'idée d'un monde où il n'y aurait plus de mal !

Et donc on va vouloir éliminer les méchants les mécréants, ceux qui ne pensent pas comme nous, les mauvais et ça va donner des goulags, des Jihads, des dictatures, des épurations !

Ces **mécanismes** sont les conséquences d'une contrefaçon du christianisme, une idée chrétienne tronquée, amputée.

Mieux, je me suis demandée **quelle « valeur », pour notre société,** développe l'idée de la venue glorieuse avec le royaume des justes. À l'évidence, la **première valeur est la tolérance.** Quoi ? Je fais référence à une culture chrétienne millénaire, est-ce que c'est un **discours tolérant ?**

Eh bien écoutez la suite : Dans Apocalypse 17, est-ce qu'on voit des chrétiens faire une croisade pour détruire Babylone la cité marchande où il y a même de la marchandise humaine et plein de perversion ? Pas du tout ! Qui est-ce qui détruit

Babylone ? Et bien figurez-vous que c'est la bête et le faux prophète ! Autrement dit l'Antéchrist va produire sa propre destruction ! La bête et le faux prophète qui ont suscité Babylone vont la prendre en dégoût et la détruire ! Quel Nihilisme ! Le faux prophète conduit au néant. Il est vide. Il conduit à la solitude, même s'il fait une grande ville. Il conduit à la destruction, à l'autodestruction.

Si vous m'avez suivi jusqu'ici, vous comprenez qu'une nouvelle **piste d'espoir de paix** se dégage : Si on approfondissait ce processus de la fin, et bien on attendrait avec confiance, espérance : la venue glorieuse du Christ anéantira l'Antichrist, et ce sont les anges qui arracheront l'ivraie. Et on se garderait bien de faire des Jihads, des goulags, des épurations ethniques. On se souviendrait que c'est le Christ qui va anéantir les mauvais et les mécréants, les méchants, et on deviendrait patient.

Finalement une définition de **la tolérance**, la meilleure définition, n'est-ce pas la patience ? La tolérance, c'est la patience. Je suis tolérante parce que je suis patiente. Je ne juge pas parce que je suis patiente je ne juge pas parce que le jugement final ne m'appartient pas. Bien sûr je ne dis pas qu'il ne faut pas un ministère de la justice.

Et puis je me suis demandé **ce qu'on peut faire** une fois que l'on a compris la venue glorieuse du Christ et du royaume des justes. Parce que c'est une vision positive. C'est une pensée constructive.

Si on croit que le monde, cette terre, avant l'éternité, connaîtra un royaume des justes, alors le nihilisme s'évapore et

Tous ensemble vers où ?

on peut avoir envie de faire plein de belles choses sur cette terre. On peut avoir envie en toute confiance d'être ingénieur, ingénieur des eaux et forêts, agronome comme moi quand j'étais jeune : développer la vie des sols, médecin, pédagogue, éducateur, et que sais-je artiste, bâtisseur, architecte.

Si on croit que nous serons vivifiés et que seront vivifiés tous ceux qui s'opposent au mal, et pas seulement les chrétiens, alors on peut faire des rassemblements très joyeux, à Paris, à Rome, à Jérusalem, à Sarajevo. À Sarajevo non pas pour déclarer la guerre mondiale mais pour déclarer la « paix mondiale » ! Bien sûr que la paix mondiale ne peut définitivement venir qu'au moment de la venue glorieuse du Christ, quand le mal sera exorcisé de la terre. Mais on peut déjà commencer le germe de la paix mondiale.

Il est temps de conclure…

Certaines des promesses des Ecritures, certaines des prophéties, pourraient ne s'accomplir qu'au moment de la Venue glorieuse du Christ…

Attention, il s'agit d'une venue glorieuse : Jésus ne reviendra pas d'une manière corporelle pour exercer une contrainte politique et militaire, mais sa royauté s'exercera spirituellement par une attraction d'amour. Alors les justes seront comme les rameaux au cep de la vigne, enrichis, vivifiés de l'intérieur.

Et puis, c'est un fait, depuis 2000 ans, Marie, la mère de Jésus, se manifeste et apparaît régulièrement. L'église catholique en général n'est pas contre, mais elle laisse chacun libre d'y adhérer ou pas. Or, semble-t-il, ses apparitions sont de plus en plus nombreuses. Pourquoi ?

Pour nous alerter sur un enjeu de société, un enjeu spirituel, actuel, et pour nous préparer à l'avenir qui nous attend, surprenant.

Pièce de théâtre inspirée de l'Apocalypse

Recueil de chants d'inspiration biblique

Chers jeunes, c'est à vous d'inventer la musique, en cadence. Simplement, respectez les paroles (copyright). Vous pouvez me transmettre le lien de votre YouTube au contact de mon site foi-vivifiante.fr pour que je le fasse connaître.
Les paroles sont inspirées de l'Ecriture sainte[1].

Préambule et refrain

La venue de Jésus / fit aboutir le temps
La venue de Jésus / l'accomplissement des temps.
Et nous sommes désormais / dans le dernier des temps.
La Venue glorieuse / de Jésus le Messie
N'est pas la Fin du monde / n'est pas l'ultime instant.
Mais c'est le prochain temps / qui ouvre un avenir.

Espérance pour le monde

Sur He 9, 28

Il s'est offert en Croix / le Christ le Fils unique
Afin d'ouvrir la porte / du Paradis perdu.
Sa patience espérait / un monde réconcilié.
Tous ne l'ont pas compris / tous ne l'ont pas voulu.
Mais glorieux il viendra / et nous vivifiera.

---

[1] Et expliquées dans le livre : F. Breynaert, La venue glorieuse du Christ, Jubilé 2016.

Sur Lc 19, 11-27

Un homme de haute naissance, / s'en va et revient Roi.
C'est Jésus le Messie, /c'est lui qui reviendra.
Et tous ses ennemis, / à son retour mourront.
Amen Maranatha : / Viens Jésus notre Roi.

Sur 1Co 15, 25-28 et St Irénée AH, V, 36, 2

Le Christ soumettra / la bête et l'Antichrist,
Il les refoulera / dans l'enfer éternel,
car il faut que sur terre / le Christ règne en roi,
car il faut que sur terre / Dieu règne comme au Ciel,
et qu'au Père soit offerte / l'humanité créée
ayant réalisé / son dessein créateur.

Avertissement et jugement

Sur Lc 21, 25-28

Les signes dans le soleil / la lune et les étoiles
Le fracas de la mer / les tremblements de terre
Annoncent la venue / de Jésus Fils de l'homme
Venant sur les nuées : / Puissance et grande gloire !

Te mettras-tu debout / quand tu verras Jésus,
dévoilant à tes yeux / tes péchés si nombreux ?
Te mettras-tu debout / quand tu verras Jésus,
et ton âme desséchée / insensible et durcie,
demeurée tant d'années / sans être réconciliée ?
Te mettras-tu debout / quand tu verras Jésus,

Montrer l'amour du Père, / que tu as rejeté ?
Veillez donc et priez !

Sur Jc 5, 3

Dans les jours à venir, / la colère divine
Dévoilera les crimes / alors repentez-vous.

Sur Jn 3, 18-21

Celui qui croit en Lui / échappe au jugement.
Celui qui ne croit pas, / il est déjà jugé.
Fais donc la vérité / et viens à la lumière !

Sur Mt 6

Notre Père des Cieux, / nous ne pècherons plus
Mais que vienne sur terre / ton règne de sainteté
Que vienne sur toute la terre / ton règne qui est aux Cieux
Et que de notre terre / tu nous emportes aux Cieux.

Douceur et patience

Sur Mt 13

Le royaume des Cieux / se dit en paraboles
Le semeur a semé / du bon grain dans son champ
Mais dans la nuit survint / un ennemi furtif
Qui sema dans le champ / l'ivraie empoisonnée.
Les serviteurs du maitre / voulurent l'arracher
Mais le maitre leur dit : / N'arrachez pas l'ivraie

Attendez la moisson, / les anges la brûleront.

Il ne nous revient pas / de séparer les hommes.
Il ne nous revient pas / d'exterminer les hommes.
Qui donc est sans péché, / pour juger d'autres hommes ?
Le seul juge des hommes, / c'est Dieu leur Créateur.
Le jour du jugement, / c'est quand Jésus viendra,
En attendant ce jour, / accomplissons sa Loi.
Le seul juge des hommes, / c'est Jésus le Messie
En attendant son Jour, / vivons sa Loi d'amour.
Il nettoiera la terre / il nettoiera son aire
Les bales jetées au feu / l'Antichrist en enfer
Jésus le Fils de l'homme / nous enverra ses anges
Et ils enlèveront / tous ceux qui font tomber
Et ils enlèveront / l'ivraie qui s'est mêlée
Et que nul d'entre nous / n'a le droit d'arracher.

Alors sur notre terre / les justes comme le blé
pourront s'accoutumer / aux goûts d'éternité.
Car c'est bien pour la terre / que Jésus reviendra :
pour que soit accompli / le dessein créateur.

L'unité à rechercher

Sur Lc 9, 50 et Ap 20, 4

S'il refuse de porter / le chiffre de la bête,
et en Mon Nom très saint / expulse les démons,
Il n'est pas contre vous / mais sera avec vous.

Pièce de théâtre inspirée de l'Apocalypse

Sur Lc 11, 23

Jésus vous en supplie : / Restez unis à Moi
Qui rassemble sans Moi / ne rassemble personne,
Il disperse au contraire / et travaille contre Moi.

Le temps de la Parousie

Préambule[2]

La Passion de l'Eglise / sans espoir apparent
Est victoire de l'amour / en chacun des martyrs.
Accompagné des saints / le Christ apparaîtra
Le monde entier verra / sa majesté glorieuse
Et sur la terre enfin / les justes régneront
Jusqu'au dernier des jours / pour l'ascension finale
Des hommes et du cosmos / dans la gloire éternelle.

Sur Mt 16

Amen je vous le dis / certains ne mourront pas
avant la Parousie / avant le Jour béni
la Venue glorieuse / de Jésus le Messie.

Sur 1P 1, 4-5

A vous qui êtes doux / la puissance de Dieu

---

[2] Cf. Françoise BREYNAERT, *La Venue glorieuse du Christ. Véritable espérance pour le monde.* Editions du Jubilé, p. 104-107

réserve un héritage / pour le moment fixé.

Sur Mt 19, 28

Amen je vous le dis, / viendra le Fils de l'homme pour une ère nouvelle, / siégeant dans la gloire. Vous qui m'avez suivi, / vous siègerez aussi.

Sur Ac 3, 19-21

Convertissez-vous donc, / et que vienne le Jour De la Restauration / promise par les prophètes.

Pièce de théâtre inspirée de l'Apocalypse

Chant inspiré de l'Apocalypse

Amis n'ayez pas crainte / des fléaux de tous genres
Car comme les plaies d'Egypte / ils vous feront quitter
la terre d'idolâtrie / pays des oppressions.
Refusez l'Antichrist / qui vous promet du pain
il entraine vos âmes / très loin du Dieu vivant
il détourne vos âmes / des saints commandements.
Amis n'oubliez pas : / Babylone tombera
Mais vous, ô mes amis / sortez et fuyez-là
Evitez ses orgies / Evitez ses trafics
Fuyez ses tromperies / Fuyez son indécence
Dites non à l'argent sale / Dites non aux lois iniques.
Ceux qui l'avaient bâtie / la bête, le faux prophète,
La prenant en dégoût / Eux-mêmes la détruiront.
Ce sera une ruine / tous se lamenteront.
Mais vous ô mes amis / attendez la promesse :
Jésus le Roi des rois / à tous apparaîtra
son armée est céleste / les saints anges du Ciel.
Jésus le Roi des rois / veut régner sur la terre
Soyons ceux qui l'accueillent / et prient Maranatha
Soyons l'épouse pure / du Verbe divin qui vient.
Ne devançons pas l'heure / N'imposons pas le règne
Qui ne peut advenir / que de la Parousie.

© Françoise Breynaert, le 29.06.2020

Pièce de théâtre inspirée du livre de l'Apocalypse

Conseils de mise en scène

Acteurs (26 acteurs + quelques voix off) :
JESUS, un ANGE,
JEAN, Le SCRIBE-connaisseur-de-la-Bible, le disciple POLYCARPE,
2 TEMOINS vêtus de blanc,
7 personnages : DOMINIQUE, SYLVAIN, TARCISIUS, KEVIN, ALEXIA, AGNES, PASCAL.
9 débauchés :
- BIGBROTHER et BOB avec un écran TV ou tablette (Bigbrother meurt),
- CRESUS et ALIBABA : deux marchands,
- ROCKER et MARTIMOR avec des couteaux (ils meurent),
- MADAME SOLEIL avec une boule de cristal,
- YANG est aveugle avec sa canne blanche,
- ZEBOUL est habillé comme un chanteur de musique satanique.

DEUX POLICIERS. Le FAUX PROPHETE.
Plusieurs « VOIX OFF ».

Décors :
Au fond de la scène, un écran diapo ou un fond blanc. Préparer les diapos (cf. scénario).

Les personnages entrent par le côté mais les personnages célestes entrent par le fond (Jésus, l'ange). On peut réaliser un petit mur laissant un passage au centre.

Vêtements :
Seuls Jésus, Jean le scribe et Polycarpe ont des vêtements typiquement hébraïques.
Les autres figurants, justes ou débauchés, sont tous en vêtements modernes : ils représentent le monde entier (donc certains peuvent être un peu à l'africaine, à la turque, à la Russe, à l'américaine, etc.)

Accessoires :
- Pour Jean et le scribe : des rouleaux d'Ecriture à la mode hébraïque du 1er siècle.
- Les accessoires des débauchés (boule de cristal, argent, couteau, écran TV ou tablette, canne d'aveugle)
- Un pansement ou une bande et une épingle à nourrice.
- Les accessoires des justes : un encensoir, un crucifix dont on voit bien les plaies et le sang du cœur : c'est l'Agneau immolé.
- Le décor spécifique de la dernière scène (Jérusalem céleste) : « une grande hauteur » sur laquelle Jean va monter pour contempler la Jérusalem céleste. Le bruitage d'une source. Quelques pots destinés à recevoir les palmes et les grandes branches fleuries.

Pièce de théâtre inspirée de l'Apocalypse

Scène 1 : La lettre circulaire

Le contexte

[4 acteurs : Alibaba et Crésus puis Agnès et Tarcisius.]

ALIBABA : - Voici de l'or d'Egypte, et du vin de Canaan.
CRÉSUS : - Tiens, en échange, j'ai des esclaves : deux hommes, une femme et deux fillettes.
Les deux marchands, ALIBABA *et* CRÉSUS *s'en vont. La place est vide.*
VOIX OFF : - Néron s'est suicidé. Fini le commerce ! Plus un marchand sur la place. On se demande si l'empire ne va pas s'effondrer.
Après la mort de Néron, quel chaos ! En dix-huit mois se sont succédé Galba, Othon, Vitellius, mais maintenant, avec Vespasien… les choses devraient reprendre leur cours normal.
Reviennent les deux marchands :
ALIBABA : - Me revoilà ! Il a fallu traverser la crise ! Increvable l'empire romain, c'est une bête !
CRÉSUS : - La Bête !
ALIBABA : - Dans les villes d'Asie mineure, tu verrais le culte de l'empereur !

Entrent par le côté deux justes, AGNES *et* TARCISIUS.
AGNES : - Tarcisius, je n'en peux plus de voir ces trafics d'esclaves. Crésus me dégoûte. S'ils le pouvaient, ils vendraient des embryons et mettraient les entrailles maternelles en location.
TARCISIUS : - Oh mon amie, tes gémissements sont comme une marque de justice sur ton beau front si pur. Puissent ces

païens comprendre que les gens sont créés à l'image de Dieu. Notre Seigneur Jésus-Christ a donné sa vie pour ces pauvres gens que l'on vend comme du bétail.
AGNES (interpellant Crésus) : - Hep ! Les gens ne sont pas de la marchandise !
CRÉSUS : - Oh là, vous cherchez la bagarre ? J'appelle la police et vous avez 24 heures de garde à vue !
Brouhaha, tout le monde sort, Jean entre.

Jésus et Jean avec le scribe

[3 acteurs : Jean, le scribe, Jésus.]

L'écran diapo s'allume et montre un chandelier à 7 branches ou 7 candélabres, allumés.
Jean, étonné, le regarde. Le scribe entre.
Le SCRIBE : - 7 lampes comme dans la vision du prophète Zacharie.
JEAN : - Et qu'est-ce qu'il disait Zacharie ?
Le SCRIBE : - Il parlait aussi de deux oliviers... Et il a eu cette parole mystérieuse : « Ce n'est pas par la puissance, ni par la force, mais par mon Esprit -- dit le Seigneur Sabaot ».[3]

Entre Jésus par le fond (devant la diapo), vêtu de blanc...
JEAN le voit avec joie. Ils se sourient.
JESUS : - Les 7 lampes comme 7 esprits pour les 7 églises... ou encore 7 anges... Tu as vu, Jean, que les chrétiens sont dans

---

[3] Zacharie 4, 6

un combat spirituel, mais pour vaincre, ne l'oublie jamais : Ni par puissance, ni par force, mais par l'Esprit du Seigneur...
Jésus indique à Jean de s'asseoir à table devant lui, et par un geste, d'écrire.
JESUS : - « Au vainqueur, je ferai manger de l'arbre de vie placé dans le paradis de Dieu »[4].
Jean écrit...
JESUS : - « Au vainqueur, je donnerai de la manne cachée, et un nom nouveau »[5].
Jean écrit...
Jésus quitte la scène.

La réception des Lettres

[7 acteurs : Dominique, Sylvain, Tarcisius, Kevin, Alexia, Agnès, Pascal.]

DOMINIQUE, SYLVAIN, TARCISIUS, KEVIN, ALEXIA, AGNES, PASCAL sont en demi-cercle, ils ouvrent leur lettre en la lisant tout haut et en se montrant les lettres les uns aux autres.

Ephèse (représentée par Dominique) ouvre sa lettre :
- Le Seigneur me félicite d'avoir sur démasquer les imposteurs.

Il me reproche cependant d'avoir perdu mon amour premier.

---

[4] Ap 2, 7
[5] Ap 2, 17

Eh ! Ma prière ne doit pas devenir comme une terre desséchée...

Je comprends, le Seigneur va me faire revivre l'aventure d'Israël qui traversa le désert ; ce fut une épreuve, mais aussi une rencontre plus profonde avec Dieu le Créateur ...

Smyrne (représenté par Sylvain) ouvre sa lettre :
- Quant à moi, le Seigneur me rappelle qu'il a traversé la mort et qu'il est vivant, ressuscité. Il me dit *(en montrant aussi les spectateurs)*:

« Soyez fidèles jusqu'à la mort
Et je vous donnerai la couronne de Vie ! »[6]
Et ce qu'il dit, il le dit aussi à vous tous !

Pergame (représenté par Tarcisius) ouvre sa lettre :
- Avoir faim et soif de Dieu... Ou se retrouver affamé et boire des eaux amères...

« Bienheureux sont-ils, ceux qui sont invités au festin des noces de l'Agneau »[7].

Thyatire (représenté par Kévin) ouvre sa lettre :
- Le Seigneur voit nos bonnes actions, mais il fait un lourd reproche à notre église parce que nous avons laissé faire Jézabel, cette fausse prophétesse... Elle entraîne à l'ésotérisme et aux « profondeurs de Satan, comme ils disent »[8].

---

[6] Ap 2, 10
[7] Ap 19, 9
[8] Ap 2, 23-24

Le Seigneur promet : « Et au vainqueur et gardien de Mes œuvres, je donnerai autorité sur les peuples ! »[9]

Sardes (représenté par Alexia) ouvre sa lettre (fièrement, mais elle déchante) :
- Le Seigneur me dit que ma belle réputation masque ma situation réelle. J'ai un beau renom, mais je suis spirituellement morte. Et… c'est qu'il a des yeux de flammes, Lui ! On ne peut pas jouer la comédie longtemps. Je me sens à la veille d'une grande ruine, et d'une nuit effrayante.

Mais le vainqueur, promet Jésus, s'enveloppera d'habits blancs : « Et Je confesserai son nom devant Mon-Père et devant Ses anges ! »[10]

VOIX OFF DU SCRIBE : - « Quiconque se déclarera pour moi devant les hommes, moi aussi je me déclarerai pour lui devant Mon-Père qui est dans les cieux ; mais celui qui m'aura renié devant les hommes, à mon tour je le renierai devant Mon-Père qui est dans les cieux »[11].

Philadelphie (représentée par Agnès) ouvre sa lettre timidement, émue, souriante :
- Le Seigneur me dit qu'il va manifester qu'il m'a aimé… et il aura des Juifs, de ceux qui n'ont pas encore reconnu Jésus, qui viendront à la foi, auprès de moi.

---

[9] Ap 2, 27
[10] Ap 3, 5
[11] Mt 10, 32-33

Et Jésus me dit aussi « Et, Moi, je te garde de l'épreuve qui va venir sur tout l'univers ».

Laodicée (représentée par Pascal) ouvre sa lettre :
- Ouh, là là, le Christ, le Verbe de Dieu ! Je ne suis ni chaud ni froid, je suis tiède, alors il me vomira de sa bouche !

Mais... « au vainqueur Je donne de m'asseoir avec Moi sur le Trône qui est le Mien,

De la façon dont, Moi, J'ai vaincu et je me suis assis avec Mon-Père sur le Trône qui est le Sien »[12].

Tous tombent à genou et prient vers le Ciel : Amen ! Viens Seigneur Jésus !
(Chant)

Scène 2 : L'adoration dans le ciel

[3 acteurs : Jean, Polycarpe et le scribe.]

JEAN, POLYCARPE est sur le côté, LE SCRIBE avec des rouleaux. [Prévoir musique d'accompagnement, chants de louange + diapos du 1) trône divin 2) Christ Agneau 3) multitude d'anges 4) foule chrétienne].

JEAN *est prosterné.*
VOIX OFF : - « Saint, saint, saint »[13] *(ou « Sanctus » Chanté à plusieurs voix).*

---

[12] Ap 3, 22
[13] Ap 4, 8

VOIX OFF : - « Tu es digne ô notre Seigneur et notre Dieu de recevoir la gloire, l'honneur et la puissance, car c'est toi qui créas l'univers[14] » *(que l'on peut dire ou chanter).*

L'écran diapo s'allume, on voit l'Agneau de Dieu.
VOIX OFF : - « Tu es digne de prendre le livre et d'en ouvrir les sceaux, car tu fus égorgé et tu rachetas pour Dieu, au prix de ton sang, des hommes de toute race, langue, peuple et nations »[15].
Silence.
Jean se relève tout étourdi, le disciple Polycarpe accourt et lui demande :
POLYCARPE : - O Jean, dis-moi, tu as vu quelque chose !
Jean ne dit rien, et va s'asseoir ; prenant les mains de son disciple Polycarpe et le regardant dans les yeux, il lui dit :
JEAN : - Oui, j'ai vu le ciel ouvert. J'ai vu combien était adoré. Combien notre Seigneur Jésus-Christ est aimé, adoré. Tout ce que nous vivons sur la terre n'est rien en comparaison de ce que j'ai vu.
Jean est devant ce qu'il écrit. Le scribe s'assoie à côté de Jean. Polycarpe s'éloigne sur un côté et il écoute.
JEAN : - L'Agneau, c'est Jésus, il est le Serviteur souffrant dont parlait Isaïe :
Le SCRIBE *lit à haute voix les rouleaux des Ecritures :*
- « Maltraité, il s'humiliait, il n'ouvrait pas la bouche, comme l'agneau qui se laisse mener à l'abattoir [...] le juste, mon

---

[14] Ap 4, 11
[15] Ap 5, 9

serviteur, justifiera les multitudes en s'accablant lui-même de leurs fautes »[16].

JEAN : - J'ai vu l'agneau égorgé, mais j'ai entendu « Il a remporté la victoire, le lion de la tribu de Juda, le rejeton de David »[17].

Le SCRIBE : - Jésus était bien le messie promis, de la tribu de David, il a remporté la victoire, mais par son sacrifice.

POLYCARPE, *interpellant Jean* : - Au nom de Jésus tout genou fléchira, car le Père lui a donné le Nom au-dessus de tout nom.

JEAN, répondant à Polycarpe : - Oui, avec le Père, Jésus est adoré : le Père et le Fils sont Un ; celui qui siège sur le trône et l'Agneau.

Jean se relève et vient sur le devant de la scène en disant au public :

[Diapo d'anges]

JEAN : - J'entendis la voix d'une multitude d'anges criant à pleine voix : « Digne est l'Agneau égorgé de recevoir la puissance, la richesse, la sagesse, la force, l'honneur, la gloire et la louange »[18].

[Diapo d'une foule chrétienne]

JEAN : - « Et toute créature dans le ciel et sur la terre, je l'entendis s'écrier : A celui qui siège sur le trône, ainsi qu'à l'Agneau, la louange, l'honneur, la gloire et la puissance dans les siècles des siècles » [19].

---

[16] Isaïe 53, 7.11
[17] Ap 5, 5
[18] Ap 5, 12
[19] Ap 5, 13

Pièce de théâtre inspirée de l'Apocalypse

Scène 3 : Les 7 sceaux

[7 acteurs : Alexia, Sylvain, Kévin, Jésus, Jean, le scribe + voix off.]

ALEXIA *[Ici il faudra projeter des diapos : guerre, famine, épidémies, mais avec des actes de charité de saints]* :
- La paix a été bannie de la terre, et l'on s'entr'égorge. Le blé manque, on a faim. Et puis ce sont les pestes et les épidémies.

JESUS *[avec en arrière-plan un grand calvaire, avec aussi sa mère debout au pied de la croix]* :
- Il faut revenir à la prière. La vraie prière, celle qui monte du cœur. Donnez-moi vos tristesses, vos douleurs, vos désirs, que je transforme tout dans la joie de la Résurrection.

SYLVAIN : - Jamais il n'y a eu autant de martyrs de la foi.
VOIX OFF 1 : - Seigneur, nous avons été tués en te rendant témoignage, jusques à quand tarderas-tu à faire justice ?
VOIX OFF 2 : - Attendez encore ceux qui doivent vous rejoindre.

Entrent Dominique, Pascal, Kévin, mal habillés ou trempés :
KEVIN : - Un tremblement de terre ![20]
Jésus, Jean et le scribe les réconfortent, et font un pansement ou un bandage à Kévin.

JEAN dit à Jésus : - Un quart de la population est morte !

---

[20] Ap 6

JESUS : - Mais la manifestation de la sainteté divine, ils ne l'ont pas comprise.
Jésus bénit Jean et le scribe par une petite croix au front, et il s'en va par la sortie du fond.

L'écran diapo s'allume : des diapos de foules chrétiennes et de martyrs anciens ou récents.
VOIX OFF : - Attendez, pour malmener la terre et la mer et les arbres que nous ayons marqué au front les serviteurs de notre Dieu[21].
Silence. Jean prie les yeux levés au ciel.
JEAN (au scribe) : - Un ange m'a appris combien étaient marqués du sceau du Dieu vivant : ils « *sont 144.000* »[22]
Le SCRIBE (à Jean) : - Oui, « 12.000 de chaque tribu d'Israël ». C'est un recensement de l'armée avant le combat.
JEAN *(il parle aux spectateurs, il se lève et ouvre les bras)* :
- Oh mais pendant que j'écoutais l'ange, je n'ai pas vu une armée, j'ai vu les gens avec une « palme à la main, une foule innombrable, de toutes nations, races et peuples, ils avaient lavé leurs robes et les ont blanchies dans le sang de l'Agneau »[23].
MUSIQUE : Gloire et puissance à l'Agneau de Dieu.

---

[21] Ap 7, 3
[22] Ap 7, 4
[23] Cf. Ap 7, 9. 14

Pièce de théâtre inspirée de l'Apocalypse

Scène 4. Les 7 trompettes

Les six premières trompettes

[12 acteurs : les 9 débauchés + Agnès, Tarcisius, Sylvain.]

- Bigbrother et Bob regardent un écran avec des rires malsains
- Crésus et Alibaba : deux marchands échangent de l'argent de façon bizarre,
- Rocker et Martimor se menacent avec des couteaux,
- Madame Soleil consulte une boule de cristal,
- Yang est aveugle avec sa canne blanche,
- Zéboul est habillé comme un chanteur de musique satanique.

Puis 3 justes entrent (AGNES, TARCISIUS, SYLVAIN), et en voyant les 9 débauchés, ils se mettent devant au centre, en prière silencieuse autour d'un crucifix dont on voit bien les plaies et le sang du cœur : c'est l'Agneau immolé. Un encensoir[24] fume abondamment devant le crucifix.

SILENCE assez long pendant que de l'encens monte.
1° CLAIRON DE TROMPETTE fait sursauter tout le monde.
VOIX OFF : - La grêle ! (On voit Rocker et Martimor qui se protègent la tête)
2° CLAIRON DE TROMPETTE
VOIX OFF : - Le feu ! Tous se dispersent.
3° CLAIRON DE TROMPETTE

---

[24] Ap 8, 2-3

VOIX OFF : - La mer et les eaux sont de l'absinthe ! *(On voit Zéboul et Madame Soleil qui boivent et recrachent)*
4° *CLAIRON DE TROMPETTE*
VOIX OFF : - Le soleil !
BOB et BIGBROTHER (le bras tendu, le doigt levé) : - Regardez le soleil !
5° *CLAIRON DE TROMPETTE*
CRÉSUS et ALIBABA *se sentent piqués et se roulent par terre de douleur* : - Aie ! Aie !
6° *CLAIRON DE TROMPETTE. Bigbrother, Rocker et Martimor se sentent foudroyés du ciel et meurent d'un coup.*
Les survivants alignent les morts, les recouvrent de draps et se lamentent. Puis ils sortent les morts.

La septième trompette

[15 acteurs + voix off] : Jean, l'ange, Polycarpe + Bob, Crésus et Alibaba, Madame Soleil, Yang l'aveugle, Zéboul + Agnès, Tarcisius + deux témoins + deux policiers.]

Jean seul reste sur la scène, il se place devant et parle au public :
JEAN : - Un tiers de la population est morte, mais « ils n'ont abandonné ni leurs meurtres, ni leurs sorcelleries, ni leurs débauches, ni leurs rapines »[25].

Un ANGE arrive du fond et donne à JEAN un petit livre (un rouleau).

---

[25] Ap 9, 21

VOIX OFF : - Il te faut de nouveau prophétiser ![26]
Les débauchés reviennent : Bob qui ricane devant un écran TV ou une tablette, Crésus et Alibaba qui échangent de l'argent, Madame Soleil avec une boule de cristal, Yang l'aveugle, Zéboul avec un casque pour écouter de la musique en se dandinant, mais ils ne font que mimer en silence.

Les justes reviennent aussi, avec le crucifix et l'encens : Agnès et Tarcisius en prière.

Deux témoins entrent[27] *par le côté, vêtus de blanc et s'adressent à la foule formée par les débauchés et les figurants :*
TEMOIN 1 : - Sanctifiez le nom de Dieu ! Vous êtes appelés à vivre en fils bienaimés de Dieu !
TEMOIN 2 : - Ne jalousez pas votre prochain ni ce qu'il possède, cela aussi est un commandement !
TEMOIN 1 : - Convertissez-vous et croyez en la bonne nouvelle ! Dieu promet la Vie !
TEMOIN 2 : - Jésus est le messie, dans ses blessures nous sommes guéris !
POLYCARPE arrive discrètement sur le côté et regarde.
L'AVEUGLE Yang (s'approchant) : - Je veux croire !
Le Témoin 1 guérit l'aveugle Yang.
MADAME SOLEIL (qui jette par terre, doucement quand même, sa boule de cristal et qui s'agenouille) : - Je veux vivre dans la lumière ! Je demande pardon d'avoir frayé avec les esprits démoniaques !
Le Témoin 2 absous Madame Soleil par un signe de croix.

---

[26] Ap 10, 11
[27] Ap 11

POLYCARPE *traverse la scène, et demande au scribe (d'un ton étonné, et un peu inquiet)* :
- On laisse encore les justes en prière dans leur lieu saint ? Et on laisse les témoins prophétiser ?
JEAN *(d'un ton rassurant)* : - Ils sont protégés pendant 42 mois, 1260 jours, comme la femme au désert, et l'avait annoncé le prophète Daniel : un temps, deux temps et la moitié d'un temps.
LE TEMOIN 1 *avertit très sérieusement les 5 autres débauché(e)s :* - « Ni impudiques, ni idolâtres, ni adultères, ni dépravés, ni gens de mœurs infâmes, ni voleurs, ni cupides, pas plus qu'ivrognes, insulteurs ou rapaces, n'hériteront du Royaume de Dieu ».[28]
Le TEMOIN 2 *avertit très sérieusement les 5 autres débauché(e)s :* - Prenez le bon chemin, ayez confiance en la miséricorde de Dieu.

DEUX POLICIERS arrivent. Les gens s'écartent. Un policier bouscule et menace Tarcisius et Agnès. TARCISIUS s'enfuit et quitte la scène, AGNES reste regarder.
Les deux policiers arrêtent les deux témoins et les poignardent. Les deux témoins meurent et restent au sol. La police s'en va. Dans la cohue, Agnès, Polycarpe et l'aveugle guéri se sont regroupés.
POLYCARPE (s'adressant à Agnès) : - Le disciple n'est pas plus grand que le maître. Après la Passion du Christ, c'est la Passion de l'Eglise. Jésus nous en avait prévenus.

---

[28] 1Co 6, 9-10

Pièce de théâtre inspirée de l'Apocalypse

BOB et ZEBOUL, CRÉSUS et ALIBABA, *non convertis sortent le champagne (ou le cidre) et trinquent :* - Hourrah ! bon débarras !
AGNES : - On dirait que Dieu n'existe plus. On dirait que seul Satan existe.
L'AVEUGLE GUERI : - Les ténèbres spirituelles... On ne voit plus que le mal et la laideur. Mais il faut espérer, croire dans les promesses du Seigneur ! J'y ai cru, il m'a donné la vue. Croyons aussi quand Dieu promet la Vie !
VOIX OFF (très puissante) : - « Montez ici ! »[29]
Les deux témoins se relèvent, un ange les revêt d'un vêtement doré.
Les débauchés sont stupéfaits.
Tremblement de terre (bruitages, les gens tombent et se relèvent).
MADAME SOLEIL, YANG L'AVEUGLE, mais aussi CRÉSUS et ALIBABA se frappent la poitrine, s'agenouillent et regardent le ciel.
Mais BOB, non converti, reste à son écran et ZEBOUL reste avec ses écouteurs, ils boudent et sortent de la scène.
Silence.
JEAN *s'avance et dit au public :* « Les survivants, saisis d'effroi, rendent gloire au Dieu du ciel »[30]. Ce que la guerre, la faim et la peste n'avait pas obtenu, le martyr des deux témoins l'a obtenu !
Silence.

---

[29] Ap 11, 12
[30] Ap 11, 13

TARCISIUS *revient auprès d'Agnès* : - ça va ? Je m'étais enfui, j'ai eu tellement peur...

MADAME SOLEIL : - Croyons en sa miséricorde : ceux qui sont restés (elle regarde Agnès) et ceux qui se sont enfui (elle regarde Tarcisius). Ceux qui étaient pécheurs (elle se frappe la poitrine) et ceux qui ont toujours été justes. Ayons toujours confiance en sa miséricorde.

TARCISIUS et AGNES, MADAME SOLEIL, YANG L'AVEUGLE Guéri, CRÉSUS et ALIBABA se tiennent la main ou l'épaule en signe de fraternité chrétienne. Brève musique de louange.

7° CLAIRON DE TROMPETTE.

VOIX OFF : - « Et le septième Ange sonna... Alors, au ciel, des voix clamèrent : "La royauté du monde est acquise à notre Seigneur ainsi qu'à son Christ ; il régnera dans les siècles des siècles." »[31]

---

[31] Ap 11, 15

Scène 5 : Dragon, bête, faux prophète, et les compagnons de l'Agneau

[13 acteurs : Zéboul, Bob, Madame soleil (qui est maintenant convertie donc sans sa boule de cristal et avec une allure modeste), Crésus (converti).
Agnès, Tarcisius, Kévin, Dominique, Alexia, Pascal, Sylvain, Jean, Polycarpe.]

Jean et Polycarpe se tiennent sur un côté. Ils commentent ce qui se passe.
ZEBOUL, vêtu comme un chanteur satanique, traverse la scène et rit, rempli d'orgueil.
Reviennent Agnès, Tarcisius, Alexia et Madame Soleil
AGNES : - On n'en peut plus, ça n'arrête plus...
SYLVAIN : - On enlève les crucifix, on se moque du Christ.
AGNES : - Et on dégrade le cœur des enfants, on leur enseigne la perversité... c'est vraiment Satan...
MADAME SOLEIL : - Tout le système est comme ça, le monde entier.
ALEXIA : - Monstrueux, oui, ce n'est plus humain. Et bientôt, on ne pourra plus ni acheter ni vendre sans cette marque du système, identité numérique par une technologie injectable... connectées à des ordinateurs géants... Une Bête.
TARCISIUS : - Monstrueux. Et des manipulations mentales.

MADAME SOLEIL (s'adressant à Jean) :
- Mais où est Dieu ? Que fait-il ?

JEAN : - Dieu permet la manifestation mondiale de l'Antichrist afin que les hommes se positionnent pour ou contre, et alors le jugement pourra avoir lieu[32].

ALEXIA : - après ce jugement, est-ce que cela ira mieux ?

JEAN : - Oui, Alexia, puisque les mauvais ne supporteront pas de vivre en présence de Jésus qui ne manifestera dans la gloire. Mais toi, Alexia, tu dois apprendre à te positionner, à dire oui, ou non, à choisir la vérité.

ALEXIA : - Ô oui, je veux être toujours amie de Jésus, et puisque Jésus, c'est l'Agneau de Dieu qui enlève le péché du monde, je veux toujours être parmi « les compagnons de l'Agneau ».

MADAME SOLEIL : - Moi aussi je veux être amie de Jésus et parmi « les compagnons de l'Agneau » !

JEAN *(s'adressant aux spectateurs)* :
- Satan rêve d'unifier le monde à la place de Dieu et de son Messie Jésus. Cette unification n'a rien à voir avec une communion de nations et de groupes humains qui coopèrent en vue de leur bien commun.

POLYCARPE *(s'adressant aux spectateurs)* : - Il s'agit d'un projet consistant à accaparer tous les pouvoirs du monde entre les mains d'une poignée de gens qui se considèrent comme des dieux et qui considèrent le reste de l'humanité comme des esclaves.

JEAN *(s'adressant aux spectateurs)* : - Et Satan a remis son pouvoir à la Bête. Et la terre entière devient comme une immense tour de Babel. Babel la grande.

---

[32] 2Th 2, 8

AGNES : - On voudrait bien la quitter cette Babel la grande, aller au désert...
TARCISIUS : - Et être nourris par la sainte Eucharistie, au désert... pendant tout le temps que ça durera.
VOIX OFF : - « Sortez, ô mon peuple, quittez-la, de peur que, solidaires de ses fautes, vous n'ayez à pâtir de ses plaies ! »[33]

AGNES, TARCISIUS et MADAME SOLEIL font mine de sortir, mais entrent KEVIN, DOMINIQUE et BOB et qui les repoussent au centre de la scène.

KEVIN (*à Agnès*) : - Cessez vos bigoteries, soyez modernes, écoutez ce qui se passe, un prophète s'est levé, des conflits qui duraient depuis un siècle se sont achevés, c'est un temps de paix !
POLYCARPE (*à Agnès et Tarcisius*) : - Fausse paix. C'est l'heure des ténèbres. L'heure du prince de ce monde...
DOMINIQUE (*à Tarcisius*) : - Fake news ! Allez, construisez la Babylone mondiale, c'est formidable !
CRESUS (à Dominique) : - Naïf ! par l'argent des sociétés anonymes, on peut manipuler en secret tous les pouvoirs de ce monde, en les achetant les uns après les autres.
BOB (*avec sa tablette ultramoderne*) : - Là, je connais même ta température ! Nous sommes des dieux !
KEVIN et BOB *applaudissent l'entrée du faux prophète* : - Vive lui ! Voilà notre sauveur ! Vive sa science !

---

[33] Ap 18, 4

LE FAUX PROPHETE *(Avec une voix séduisante)* : - Venez adorer la Bête et son image ! Image fascinante, troublante, charmeuse...

***

DOMINIQUE : - On voit des miracles partout !
ALEXIA : - Oui, des miracles fantastiques[34] !
TARCISIUS (à Dominique) : - Calmez-vous, ces gens n'adorent pas la croix, ils n'obéissent pas aux commandements.
AGNES (à Alexia) : - Laissez tomber ces faiseurs de prodiges ! Pff. Faux prophète.
Pascal entre en scène.
PASCAL *(dubitatif)* : - Des prodiges étonnants, mais par des gens impudiques et voleurs, dans un climat de mensonge... hum ! et puis voilà qu'on veut nous faire porter une petite puce qui remplace les cartes bancaires, mais nous sommes tracés, et puis toutes ces ondes, qui sait comment elles nous influencent...

JEAN *s'avance au milieu et dit au public :*
- Le dragon, l'antique serpent, Satan a transmis son pouvoir à la Bête, et le faux prophète s'est mis au pouvoir de la Bête[35].
POLYCARPE *(à côté de Jean, dit au public)* :
- Ils sont trois : le dragon, la Bête et le faux prophète. Ils s'opposent à la révélation du Dieu trois fois saint, Père, Fils, Esprit Saint.

---

[34] Ap 13, 13
[35] Ap 13, 4 et 12

AGNES (*à Tarcisius et Madame soleil*) : - Allez, nous on sort !
Et Agnès, Tarcisius et Madame soleil sortent, Agnès serrant contre son cœur le crucifix.
PASCAL (*hésite un peu, puis il dévisage Kévin et déclare*) : - Moi aussi je sors de cette Babylone. Pff ! Faux prophète !
LE SCRIBE : - Les 144.000...
JEAN (fort, s'adressant au public) : - « La foule immense des rachetés de la terre suivent l'Agneau, jamais leur bouche ne connut le mensonge, ils sont immaculés »[36].
Le faux prophète et ses admirateurs (Bob, Kévin Dominique et Alexia) sortent par un autre endroit que les justes.

JEAN (*assis à sa table, écrit en disant à haute voix*) :
- « Heureux les morts qui meurent dans le Seigneur ; dès maintenant qu'ils se reposent de leurs fatigues, car leurs œuvres les accompagnent »[37].
Jean se lève, s'avance et regarde au loin.
JEAN : - « Je vis une mer de cristal... Et ceux qui ont triomphé de la Bête debout sur la mer. Ils chantent le cantique de l'Agneau »[38].
LE SCRIBE (*s'avance au milieu et dit au public*) :
- C'est un nouvel Exode. Le peuple marche sur la mer, en chantant le cantique de Moïse.
POLYCARPE (*s'avance au milieu et dit au public*) :
- N'ayons pas peur. Traversons l'épreuve. Allons de l'avant.

---

[36] Ap 14, 2-5
[37] Ap 14, 13
[38] Ap 15, 2-3

JEAN, LE SCRIBE ET POLYCARPE (ensemble et levant les yeux) : - « Seigneur, justes et droits sont tes chemins ».

S'approchant tous ensemble, MADAME SOLEIL, CRESUS, AGNES, TARCISIUS, KEVIN, DOMINIQUE, ALEXIA, PASCAL, SYLVAIN : - « Seigneur, justes et droits sont tes chemins ».

Scène 6 : Les 7 coupes

[6 acteurs : Jean, le scribe. Alibaba. Agnès, Tarcisius, Alexia. + Voix off.]

Le SCRIBE (au public) :
- Jadis Dieu avait envoyé contre pharaon les plaies d'Egypte jusqu'à ce que son peuple puisse sortir d'Egypte et lui rendre un culte.
JEAN : - Il en sera de même quand le mal se concentrera sous la forme d'une religion mondiale, d'une contrefaçon du christianisme. Non plus la très sainte Trinité : Père, Fils, Esprit Saint mais « Satan, la Bête et le faux prophète » !
Le SCRIBE : - Il faudra alors que les chrétiens sortent pour rendre un culte au Dieu vivant et à Jésus notre Seigneur !

JEAN : - Le calice du 1° ange frappe d'un ulcère ceux qui portent la marque de la Bête.
Le SCRIBE : - Et l'eau changée en sang rappelle la première d'Egypte.

Voix OFF *(il faut respirer à chaque «   »)* :
« Et le cinquième ange   versa son calice sur son trône, à la bête vivante,
Et son royaume fut ténébreux,   et ils se mordaient la langue de douleur.
Et ils blasphémèrent le Nom du Dieu des Cieux,   du fait de leurs douleurs et de leurs ulcères.

Et ils ne se repentirent point / de leurs actions »[39].

JEAN : - « Et je vis sortir de la bouche du dragon, et de la bouche de la bête vivante,
Et de la bouche du faux prophète, trois esprits impurs comme des grenouilles »[40].

VOIX OFF :
« Et le septième ange / versa son calice dans l'air ;
Et sortit du temple une grande voix, depuis le Trône, / qui disait : "C'en est fait !"
Et ce furent des éclairs et des tonnerres, / et ce fut un grand séisme comme il n'en fut jamais de tel,
Depuis que les fils d'hommes sont sur la terre, / comme cette secousse tant elle était grande ! »[41]
Tremblement de terre. Grêle. Tous ceux qui sont sur scène vacillent et se rétablissent.

ALIBABA (*converti, il entre sur la scène et se pince les lèvres*) :
- J'ai mal moi aussi. Et il s'appuie sur le dossier de chaise.
AGNES : - En effet, tu as l'air malade, toi aussi.
TARCISIUS : - Nous souffrons tous, mais allons, offrons nos souffrances en union au Christ Agneau.
ALIBABA : - Oui, en union avec le Christ, pour réparer nos péchés et ceux du monde entier.
Ils s'agenouillent tous devant le crucifix et font fumer l'encens.

---

[39] Ap 16, 10-11
[40] Ap 16, 13
[41] Ap 16, 17-18

On entend BOB et ZEBOUL, sans les voir : - Nom de Dieu ! Maudit soit Dieu !

AGNES (qui se bouche les oreilles) : - Comment tout cela va-t-il finir ?

TARCISIUS : - Ça ne peut plus durer.

JEAN *(qui s'avance au centre et proclame à pleine voix)* : - « Ils ont mené campagne contre l'Agneau, et l'Agneau les vaincra, avec les siens : les appelés, les choisis, les fidèles »[42].

AGNES *(à Tarcisius)* : - Tu as entendu, Tarcisius. C'est sûr, Jésus, l'Agneau est vainqueur, car « il est Seigneur des seigneurs et Rois des rois »[43].

AGNES et TARCISIUS *(ensemble et levant les yeux)* : - O Notre Dame, sainte mère du Christ, couronnée d'étoiles, je te choisis pour ma mère et ma reine, hâte le règne de ton fils !

ALEXIA, s'adressant à JEAN : - Explique-nous ce qui va advenir, explique-nous le sens de tout ce qui se passe !

JEAN : - Agnès, Dieu ne veut pas détruire le monde. Il veut que le monde accomplisse le but et la grandeur pour lequel il a été créé.

ALIBABA s'approche et dit : - Le Christ a sauvé le monde, mais le salut doit être reçu. Beaucoup n'ont pas accepté le salut. Beaucoup n'ont jamais voulu se convertir.

JEAN : - Ceux-là, quand le Christ apparaîtra dans la gloire, ne supporteront pas la vérité qu'ils ont toujours refusé : ils ne pourront pas rester sur la terre, ils mourront.

---

[42] Ap 17, 14
[43] Ap 17, 14

TARCICIUS : - Donc, si je comprends bien, la Venue glorieuse du Christ sera aussi un jugement.

JEAN : - Oui, ce sera le jugement du faux prophète, l'Antichrist, et de tous ceux qui l'ont suivi. Mais pour les bons, ce sera une consolation.

ALEXIA (*au scribe*) : - Dis-moi, quand le Christ apparaîtra, sera-t-il seul ou accompagné ?

Le SCRIBE : - Il reviendra dans la gloire « avec tous ses saints »[44].

JEAN : - C'est la Jérusalem céleste qui descend du Ciel...

TARCISIUS : - Mais nous n'allons pas rester toujours sur la terre !

JEAN : - Non, bien évidemment. Dès que le but de la création sera accompli, alors le règne de Dieu durera pour les siècles des siècles, au Ciel bien sûr. Mais il y aura une ultime tentation, mystérieuse parce qu'elle concernera toute l'humanité ensemble.

TARCISIUS : - Alléluia !

TARCISIUS, ALEXIA, AGNES, ALIBABA : - Alléluia ! (*chanté*)

---

[44] 1Th 3, 13

Pièce de théâtre inspirée de l'Apocalypse

Scène 7 : La chute de Babel la grande, le règne du Seigneur

[6 acteurs : Jean, l'ange. Crésus et Alibaba (convertis). Agnès et Tarcisius.]

L'ANGE *(qui s'approche de Jean)* : - Viens que je te montre le jugement de la Prostituée fameuse, Babel la grande, mère des abominations de la terre...
L'ange se place avec Jean au centre de la scène, l'ange pointe du doigt au-dessus du public et Jean regarde au loin (au-dessus du public)
JEAN : - Je vois la bête qui monte de la mer, avec ses dix cornes qui sont dix rois[45].
L'ANGE : - Regarde, la Bête prend en haine[46] la grande cité qu'elle a elle-même inspirée et corrompue.
JEAN : - C'est la Bête elle-même qui se retourne contre la Prostituée fameuse, la Bête la dépouille de ses vêtements.[47]
L'ANGE : - Et, regarde, les 10 rois, ce sont eux qui la consument par le feu ![48]
JEAN : - Quel renversement de situation ! C'est la Bête et les rois qui réalisent la vengeance de Dieu ![49]
Entrent en scène Crésus et Alibaba, comme ils sont convertis, ils sont plutôt contents d'annoncer la nouvelle :

---

[45] Ap 17, 8
[46] Ap 17, 16
[47] Ap 17, 16
[48] Ap 17, 16
[49] Ap 17, 17

CRÉSUS *(calme, car il est converti)* : - Babel la grande est tombée ! L'or n'a plus de valeur !

ALIBABA *(calme, car il est converti)* : - Les esclaves et la marchandise humaine n'ont plus de clients ! Autant dire qu'ils sont libres !

CRÉSUS et ALIBABA *se regardent l'un l'autre :* - Heureusement que l'on a changé d'activité après notre conversion !

VOIX OFF : - « Louez notre Dieu, vous tous qui le servez et vous qui le craignez, les petits et les grands ! »[50]

On entend une musique de louange en crescendo ! Entrent les deux justes survivants (éventuellement accompagnés de nouveaux figurants et d'enfants) :

AGNES (fort), *tenant contre son cœur le crucifix, d'une manière très amoureuse :* - « Alléluia ! Car il a pris possession de son règne, le Seigneur, le Dieu Maître de tout »[51].

TARCISIUS (très fort) : - « Soyons dans l'allégresse et dans la joie, rendons gloire à Dieu, car voici les noces de l'Agneau, et son épouse s'est faite belle ! »[52]

Les deux justes, Agnès et Tarcisius sortent, très joyeux.

L'ange et Jean vont sur le devant de la scène. L'ange montre quelque chose à l'horizon, au-dessus des spectateurs. Jean suit son geste et regarde au loin.

L'ANGE : - « Et voici le Christ, Roi des rois et Seigneur des seigneurs ».

---

[50] Ap 19, 5
[51] Ap 19, 6
[52] Ap 19, 7

Pièce de théâtre inspirée de l'Apocalypse

JEAN *(son regard fait un mouvement de descente)* : - Je vois la Bête et le faux prophète, ils sont capturés, et jetés dans l'étang de feu.
L'ANGE *(son regard fait un mouvement de descente)* : - Et tous ceux qui ont reçu la marque de la Bête et qui ont adoré son image !
JEAN *(comme s'il regardait sous la terre)* : - Oui, ils sont tous jetés dans l'étang de feu, en enfer.

JEAN *(s'adressant à l'ange)* : - Oui, mais tu ne m'as pas montré le sort des justes.
L'ANGE : - Les justes ? Eh bien, ils rencontrent leur Seigneur et Sauveur ! Et ils le rencontrent en toute liberté ! Regarde !
JEAN : - Oui, cette fois, c'est Satan lui-même qui est lié avec une énorme chaîne. C'est un super exorcisme dis-donc !
L'ANGE : - Et maintenant, regarde, les justes se rassemblent, ils apprennent à vivre avec le Christ[53], ils partagent sa dignité royale...
JEAN : - Oh, je vois Agnès et Tarcisius, ils ont vraiment une gloire royale ! Et ce sourire !
L'ANGE : - Les hommes seront pourtant une dernière fois tentés par Satan... Mais Satan n'a plus d'effet sur eux ; il rejoindra la Bête et le faux prophète en enfer.
JEAN : - Ouf.

JEAN, avec CRESUS ET ALIBABA (CONVERTIS). AGNES ET TARCISIUS : - Alléluia ! (chanté)

---

[53] Cf. Commentaire de l'Apocalypse par saint Irénée. Bien respecter le scénario qui évite avec soin l'hérésie millénariste. Cf. CEC 676

Scène 8 : Finale

[10 acteurs : l'ange, Jean, Jésus, Polycarpe, le scribe + Agnès, Tarcisius, Sylvain + les deux témoins et à la fin, tous les justes entrent en scène.]

L'ANGE (au public) :
- Satan pourra tenter une dernière fois l'humanité mais l'humanité le refusera, et Satan sera rejeté en enfer, définitivement.

JEAN (au public) :
- Le Oui de l'humanité au Créateur… sera devenu un Oui continuel,

POLYCARPE (au public) :
- L'humanité pourra entrer dans l'éternité… préparée pour elle.

LE SCRIBE (au public) :
- Le projet du Créateur aura réussi. Le Christ offrira le royaume au Père.

Bruitage d'une source.
Diapos de la Jérusalem céleste avec ses portes et sa lumière, son fleuve et les arbres de vie. On peut utiliser : « L'agneau mystique » de Van Eyck, « le Paradis » de Fra Angelico… Etc.
  VOIX OFF (l'Esprit Saint) : - « Il essuiera toute larme de leurs yeux… Car l'ancien monde s'en est allé ».

VOIX OFF (Dieu le Père) : - « Voici, je fais l'univers nouveau. Telle sera la part du vainqueur : et je serai son Dieu, et lui sera mon fils »[54].
L'ange invite Jean à monter sur une hauteur.
JEAN *(sur une hauteur, regardant vers le haut)* : - « Et je vis la cité sainte, Jérusalem, qui descendait du ciel, de chez Dieu, avec en elle la gloire de Dieu »[55].

Jean commence à s'agenouiller devant l'ange qui l'en empêche :
L'ANGE : non, c'est Dieu qu'il faut adorer[56].

Jésus apparait au centre, les bras ouverts et accueillants :
JESUS : - « Heureux ceux qui lavent leurs robes ; ils pourront disposer de l'arbre de Vie et pénétrer dans la Cité par les portes ! »[57]
L'ange accueille l'arrivée des trois justes (Agnès, Tarcisius, Sylvain), *déposant des rameaux fleuris dans les pots.*
L'ange accueille aussi les deux témoins, déposant des palmes (de martyr) dans les pots.
POLYCARPE *(dans un murmure émerveillé, regardant vers le haut)* : - La cité céleste, c'est « la fiancée, l'Epouse de l'Agneau »[58].

---

[54] Ap 21, 3-7
[55] Ap 21, 10-11
[56] Ap 22, 9
[57] Ap 22, 14
[58] Ap 21, 9

LE SCRIBE (dans un murmure émerveillé, regardant vers le haut) : - « Pas de temple, c'est que son temple, c'est le Seigneur, le Dieu maître de tout, et l'agneau ». [59]

On entend le bruit de la source.

L'ange, les justes et les témoins accueillent Dominique, Pascal, Kévin et Alexia, les débauchés convertis et l'aveugle guéri qui ont aussi des branches fleuries et les mettent dans les pots. Tous, ils ont des vêtements différents des autres scènes, plus glorieux, blanc, doré, jaune clair, rose clair, bleu clair.

Tandis que Jésus se tient au fond, tous les acteurs, y compris Jean, le scribe et Polycarpe font une danse, dans le style danse d'Israël (pas trop longtemps), ou bien sur le chant : « Notre cité demeure dans les cieux ».

A la fin de la danse, les acteurs descendent dans la salle et se dispersent au milieu des gens, sauf Jean qui reste dans les coulisses.

Jésus s'avance et parle au public :

JESUS : - « Voici que mon retour est proche, et j'apporte avec moi le salaire que je vais payer à chacun, en proportion de son travail. Je suis l'Alpha et l'Oméga, le Premier et le Dernier, le Principe et la Fin ».[60]

Jésus sort, Jean entre.

Jean entonne le chant.

JEAN : - « L'Esprit et l'Epouse disent : "Viens !" Que celui qui entend dise : "Viens !" Et que l'homme assoiffé s'approche, que l'homme de désir reçoive l'eau de la vie, gratuitement »[61].

---

[59] Ap 21, 22
[60] Ap 22, 12-14
[61] Ap 22, 17

S'approchent alors Crésus et Alibaba, Yang et madame soleil, ainsi que Dominique, Sylvain, Tarcisius, Kevin, Alexia, Agnès, Pascal qui redisent ensemble :
- « L'Esprit et l'Epouse disent : "Viens !" Que celui qui entend dise : "Viens !" Et que l'homme assoiffé s'approche, que l'homme de désir reçoive l'eau de la vie, gratuitement »[62].

Sur l'écran diapo, on voit ce texte Ap 22,17 pour que les gens puissent chanter, entraînés par les acteurs qui sont descendus dans la salle.

---

[62] Ap 22, 17

L'histoire du salut en 6 étapes

1° étape : La création

L'origine de la vie contredit les lois physiques qui font que tout se décompose...

Toute aussi mystérieuse est la formation du langage humain, qui est bien plus qu'un simple échange d'informations. Il a son origine en Dieu, un Dieu personnel...

Et il n'est pas loin, ce Créateur, puisqu'il nous veut, puisqu'il nous soutient dans l'existence... Il soutient tes pas, ta respiration, tes battements de cœur...

Dieu, le Créateur, ne peut pas être représenté, mais les Evangiles nous révèlent qu'il est Père, Fils, et Esprit Saint, ce que nous symbolisons par le triangle coloré[63].

---

[63] Merci au p. E-M Gallez.

Il a créé la terre, ainsi que la multitude d'étoiles des innombrables galaxies, et il a aussi créé des êtres non-matériels : les anges.

L'humanité, homme et femme, a été créée de telle sorte qu'elle puisse communiquer spirituellement avec le Créateur.

Lorsque l'homme et la femme sont en communion avec le Créateur, alors ils participent à sa gloire.

En regardant l'univers, si magnifique, nous comprenons facilement que Dieu nous a créé avec un but noble.

La question suivante est donc :
Qu'est-ce qui empêche l'humanité d'atteindre le but et la grandeur pour laquelle elle a été créée ?

2° étape : La chute

Dieu a créé les anges, non le mal.

Certains anges ont librement choisi de s'opposer au plan de Dieu. Puis ils ne changent plus jamais d'avis. Satan se déguise en fausse sagesse. Sur le dessin, il est comme un serpent (le serpent est rusé), avec des ailes (c'est un être spirituel). Il n'est pas « en nous », mais il nous tente de l'extérieur. Il a tenté Adam et Eve qui l'ont écouté, ils lui ont ouvert la porte et le monde entier est tombé sous l'emprise du Mal. Il a acquis un droit, une influence sur tous les échanges humains. Le Mal est menteur et meurtrier. Depuis Adam et Eve, l'humanité est comme empêtrée dans un filet, elle a besoin d'être libérée.

Parce qu'ils se sont laissé tromper, leur vie n'est plus unie à Celle de Dieu : Dieu (symbolisé par le triangle coloré) semble loin. Et toutes les générations qui succèdent à Adam et Eve (symbolisées par un arbre généalogique en dessous de la figure d'Adam et Eve), sont, elles aussi, éloignées de la lumière divine.

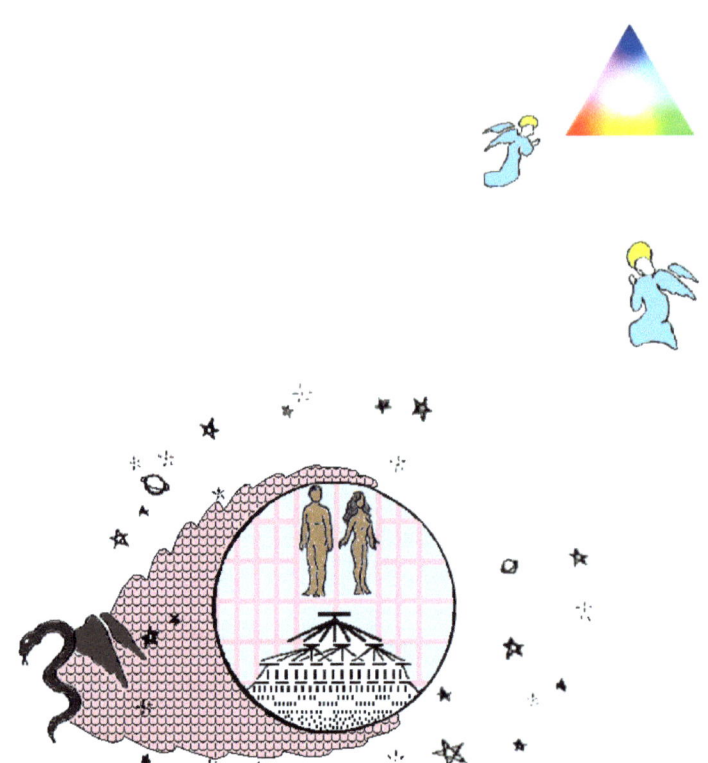

L'organisation du « Prince de ce monde » est écrasante : c'est une organisation pyramidale dominée par la puissance de l'argent et par César. On y voit des « vendeurs » (Jn 2, 14), il a aussi des voleurs et des brigands, furtifs et rapaces (Jn 10, 8). Et finalement, les Judéens demandent la mort de Jésus en déclarant « Nous n'avons pas d'autre roi que César » (Jn 19, 15). Son universalité est celle d'un empire dont le chef a le pouvoir de tuer, et auquel parfois on rend même un culte explicite.

3° étape : La rédemption

Dieu a offert aux hommes la possibilité de renouer avec Lui, avec Sa Vie. Le *Fils* est venu dans le monde... Il ne faut pas imaginer que Dieu se marie et engendre un enfant comme font les hommes car Dieu est Esprit. Le *Fils* est une des trois personnes de la Trinité : sur le dessin, il descend dans un rayon (vert) depuis le triangle coloré qui représente Dieu. Le dessin indique aussi un rayon (rouge) qui représente l'Esprit Saint parce que Jésus a été conçu de l'Esprit Saint (et de la Vierge Marie). On dit aussi que Jésus est le « Verbe » : Dieu nous parle par Jésus, par ses discours mais aussi par la façon dont il a vécu, dont il est mort en croix, et dont il est ressuscité.

Jésus est la lumière du monde. Grâce à cette lumière, l'homme est vraiment libre parce qu'il pose des choix éclairés. Aux Judéens qui crurent en lui, Jésus dit : « la vérité vous libérera » (Jn 8, 32). Jésus révèle aux disciples la source de l'aliénation : c'est le diable, donc une créature angélique, le père du mensonge (Jn 8, 44), l'archétype de l'auto-référence, et il est nécessaire que Jésus en libère : « Si lui [le Fils], par conséquent vous libère, vous serez vraiment *des fils libres* ! » (Jn 8, 32-36).

Désormais, toutes les générations peuvent connaître la miséricorde de Dieu. Et ceux qui accueillent Jésus sont dans la lumière. Ils ne sont déjà plus prisonniers du filet de Satan.

La venue glorieuse du Christ expliquée aux jeunes

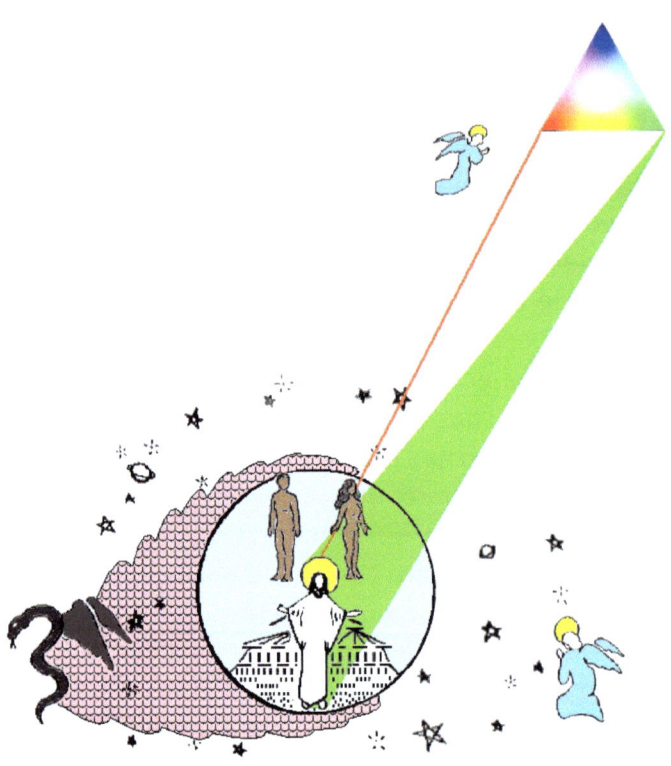

4° étape : Le temps de l'Eglise

Des cieux, Jésus envoie l'Esprit-Saint qui nous soustrait à l'emprise du mal ; l'Église transmet ce salut sur terre. Par le baptême, nous sommes libérés de cette emprise car nous sommes mis dans la main de Dieu. Le dessin montre les générations qui succèdent à Adam et Eve, et qui peuvent être éclairées par l'Esprit Saint que Jésus envoie.

« Je crois en l'Esprit-Saint, à la sainte Eglise catholique, à la communion des saints, à la rémission des péchés » …

Malheureusement, tous n'acceptent pas le salut et ainsi, une certaine emprise du mal continue sur le monde, allant jusqu'à se concentrer en la personne de l'Antichrist.

« Quiconque adore la Bête et son image, et se fait marquer sur le front ou sur la main, lui aussi boira le vin de la fureur de Dieu » (Ap 14, 9-10), et de fait, un ulcère les frappe (Ap 16, 2).

La venue glorieuse du Christ expliquée aux jeunes

5° étape : Le temps de la Parousie

L'Ecriture nous dit que la Venue glorieuse du Christ est un événement universel portant à la fois le jugement de l'Antichrist (qui sera anéanti, 2Th 2, 3-12) et la vivification des justes (He 9, 28). Jésus reviendra dans la gloire pour une « régénération » (Mt 19, 28) et une « restauration » (Ac 3, 21), sur la terre, accomplissant le règne de Dieu « sur la terre comme au ciel » (Mt 6,10), avant de « remettre » le royaume au Père (1Co 15, 22-28).

Alors les hommes, dans la *présence* spirituelle et glorieuse du Christ et des saints qui l'accompagneront, s'organiseront en formant ce que saint Irénée, vers l'an 200, appelle le « royaume des justes », « le prélude de l'incorruptibilité, royaume par lequel ceux qui en auront été jugés dignes s'accoutumeront peu à peu à saisir Dieu »[64].

Notons au passage qu'il y a donc plusieurs jugements : le jugement particulier à la mort de chacun d'entre nous, le jugement de l'Antichrist et de ses suppôts au moment de la Venue glorieuse du Christ, et le jugement des vivants et des morts à la fin du monde proprement dite.

---

[64] Saint IRENEE, *Contre les hérésies,* V, 32, 1

La venue glorieuse du Christ expliquée aux jeunes

6° étape : L'éternité

La dernière étape est l'entrée dans l'éternité.
Je crois à la résurrection de la chair, et à l'éternelle vie, Amen.

Résumé de l'histoire du salut

Cher jeune, résumons ce que nous avons découvert :

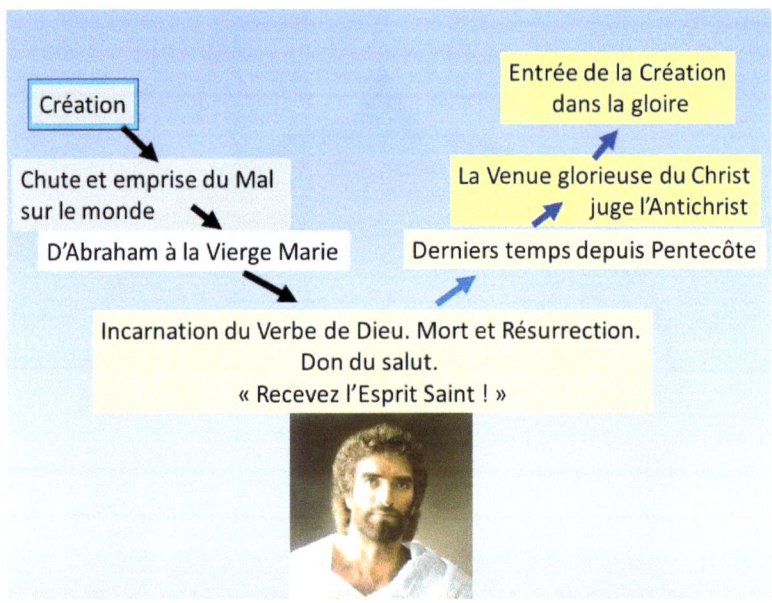

Dieu a créé le monde visible et invisible (les anges). Il t'a créé, toi.

Sous l'influence de Satan, un ange rebelle, nos premiers parents, Adam et Eve, ont péché et ont ouvert la porte au Mal, désormais, les relations humaines sont corrompues, la planète est polluée, etc.

La Bible raconte la préparation d'un peuple à accueillir le Sauveur, Jésus-Christ, vrai Dieu et vrai homme.

Jésus est le Verbe de Dieu, c'est-à-dire sa Parole. Dieu nous parle non seulement par les discours de Jésus mais aussi par sa vie, par la façon dont il est mort sur la Croix et par sa résurrection.

Dès lors, l'Esprit Saint, l'Esprit de Jésus, travaille dans le monde à la manière d'un bon levain dans la pâte. Mais tous ne l'accueillent pas.

Ceux qui ne l'accueillent pas vont produire un « Antichrist ».

Mais Jésus, en sa Venue glorieuse va anéantir cet Antichrist. Alors le monde sera totalement délivré de l'emprise du Mal, et l'humanité pourra accomplir le but et la grandeur pour laquelle elle a été créée, et se préparer à l'éternelle Vie.

La venue glorieuse du Christ expliquée aux jeunes

Pour dessiner et peindre

N.B. La représentation de la Très Sainte Trinité en haut à droite n'est pas conforme aux canons iconographiques et s'inspire d'images médiévales.

L'histoire du salut en 6 étapes

« Ensuite viendra le terme quand il remettra la royauté à Dieu le Père » (1Co 15, 24).

Une foule immense acclame : « Alléluia ! » (Ap 19, 6).

A la fin des mille ans, l'Accusateur, Satan, refoulé en enfer dans l'étang de feu (Ap 20, 10).

La Venue Glorieuse du Christ, accompagné des saints du Ciel et des anges (1Th 3, 13) ... est accueillie avec joie par ceux qui l'attendent (He 8, 28).

Mais provoque le jugement de l'Antichrist (2Th 2, 8) :
La bête et le faux prophète lancés dans l'étang de feu (Ap 19, 20-21).

Et maintenant...

De tout ce que tu viens d'apprendre, cher jeune, quelles sont les résolutions que tu peux prendre, en tant que jeune, aujourd'hui ?

Avoir du discernement, être vrai

L'Antichrist fait des contrefaçons, des singeries, des imitations. Il est important, dès la jeunesse, d'avoir un esprit critique. Par exemple, il y a une vraie information, et il y a une information qui déforme les chiffres ou cache certaines circonstances. Il y a une médecine dont le but est de soigner, mais il y a une médecine au service du profit financier. Il y a une vraie écologie, par exemple qui fait attention à l'aération du sol, et à la microbiologie du sol (les insectes mais aussi les êtres vivants microscopiques dans le sol), de façons à ce que les plantes et les animaux soient en bonne santé. Mais il y a une fausse écologie, qui utilise des labels pour l'argent, mais qui en réalité consomme beaucoup d'énergie et n'est pas bonne pour la santé. Il y a une vraie architecture, qui pense au bien-être des gens, mais il y en aussi une qui utilise des proportions malsaines, qui peuvent aller jusqu'à rendre les gens déséquilibrés. Etc. Etc.

Il n'est pas possible, surtout quand on est jeune, de savoir discerner le vrai du faux, mais il est possible, à ton niveau, de toujours dire la vérité.

Choisir la pureté de vie

L'Antichrist est comme possédé par trois démons :

1) L'impureté.

Le Christ est infiniment pur, sa mère est la très sainte Vierge Marie. L'Antichrist est impur et il enseigne la débauche à travers divers moyens. Toi, tu dois choisir entre les deux chemins. Le chemin de l'Antichrist est très vite écœurant, il conduit à la violence et à la mort.

Le baptême a fait de ton corps le Temple du Saint Esprit. Le chemin du Christ conduit à la beauté et aux parfums de l'éternelle vie.

2) L'ésotérisme.

La Bible enseigne une relation confiante au Créateur, la prière, ce n'est pas une technique, c'est bien plus beau, c'est rencontrer le Créateur et lui ouvrir son cœur. C'est une « Alliance ».

Le Christ nous apprend la prière du « Notre Père ». L'Antichrist rejette Dieu et conduit à adorer Satan, pour cela, il enseigne l'ésotérisme, c'est-à-dire l'invocation des esprits (faire tourner les verres, invoquer les morts, jouer au Ouija, aller dans un salon de la voyance, etc.), avec en conséquence les infiltrations des esprits déchus, jusqu'à la possession satanique. Toi, tu dois choisir : fuir les influences mauvaises et rechercher la présence de Dieu.

3) L'argent.

L'Antichrist installe son pouvoir sur une sorte de pyramide de richesses, et il rend les gens esclave par l'endettement, un endettement qu'il voudrait perpétuel (on parle de nos jours d'obligations perpétuelles !).

Ecoute la parole de Jésus : « Qui est malhonnête en très peu est malhonnête aussi en beaucoup. Si donc vous ne vous êtes pas montrés fidèles pour le malhonnête Argent, qui vous confiera le vrai bien ? Et si vous ne vous êtes pas montrés fidèles pour le bien étranger, qui vous donnera le vôtre ? Nul serviteur ne peut servir deux maîtres : ou il haïra l'un et aimera l'autre, ou il s'attachera à l'un et méprisera l'autre. Vous ne pouvez servir Dieu et l'Argent. » (Luc 16, 10-13).

Décider de vivre dans l'espérance.

L'Antichrist devra manger sa honte éternellement. Il est vaincu d'avance. Dieu patiente encore un peu pour que chacun puisse se positionner pour ou contre lui, c'est tout. Donc, n'aies pas peur, ne sois pas séduit parce que tout le monde le suit. Reste calme. Garde la paix intérieure.

Il ne s'agit pas d'être « cool » au sens de tout laisser passer. Il s'agit d'être calme au sens de la patience et de l'espérance.

Ceux qui se prennent pour les sauveurs du monde se prennent aussi pour les juges des autres, et tôt ou tard, ils se donnent le droit d'éliminer ceux qui ne pensent pas comme eux, en les appelant « réfractaires », ou « mécréants », ou avec toutes sortes de mots péjoratifs qui en réalité ne veulent rien dire.

Le chrétien sait que c'est le Christ qui jugera le monde et les empires. Et il le fera par sa venue glorieuse. Donc le chrétien résiste au mal avec persévérance, mais il garde sa douceur.

Le Seigneur sait protéger ses amis. Et ceux qui auront été trouvés fidèles vivront et règneront.

Il est compréhensible d'être en colère ou de pleurer devant certaines situations, mais tu dois aussi prier jusqu'à ce que tu ressentes la paix et la joie que Dieu donne.

Pour les adultes accompagnateurs

Maranatha, oui, viens Seigneur ! Si la venue glorieuse du Christ (la « Parousie ») se réduisait à n'être que la fin du monde et la mort de tous les hommes, le Christ n'aurait pas besoin de « venir » : aujourd'hui comme à la fin du monde, pour passer dans l'au-delà, la mort suffit.

La manifestation glorieuse du Christ que nous attendons dans le monde est un événement objectif qui anéantira l'Antichrist (2Th 2, 3-12) et inaugurera quelque chose de nouveau que nous pourrions appeler une vie avec Dieu, car Dieu fait « sa demeure parmi les hommes » (Ap 21, 3). C'est quelque chose de bien mystérieux, mais qui est davantage que ce que nous connaissons actuellement et que nous appelons « vivre l'Évangile », avoir « une vie mystique ». Redisons-le, si ce n'était pas quelque chose de nouveau, il serait inutile que le Christ revienne dans le monde et on verrait mal pourquoi le Credo proclame « nous attendons son retour dans la gloire ».

La promesse de Jésus (Mt 19, 28-29) ouvre incontestablement une espérance non seulement pour l'au-delà de la mort au plan individuel, mais pour le monde. A travers un certain jugement qu'il nous faudra expliquer, la création accomplira le but et la grandeur pour laquelle elle a été créée, l'histoire a un sens. Cependant, certaines méprises, contresens et oublis ont occultés cette Bonne Nouvelle, en particulier en Occident. La culture musulmane a gardé un vague souvenir de cette annonce lorsqu'elle parle du retour de 'Issa (Jésus) et du jugement de l'Antichrist, mais sa vision est déformée. Les chrétiens ont à redécouvrir le sens authentique de la Parousie, et plus que jamais, à l'annoncer.

1. La promesse de Jésus (Mt 19, 28-29)

« En vérité je vous le dis, à vous qui m'avez suivi : dans la régénération [araméen : bᶜālmā ḥaṯā littéralement : dans le monde nouveau ou dans le siècle nouveau], quand le Fils de l'homme siégera sur son trône de gloire, vous siégerez vous aussi sur douze trônes, pour juger les douze tribus d'Israël. Et quiconque aura laissé maisons, frères, sœurs, père, mère, enfants ou champs, à cause de mon nom, recevra bien davantage et aura en héritage la vie éternelle. » (Mt 19, 28-29)

« **Fils de l'homme** » : il s'agit d'une expression propre au prophète Daniel, que Jésus s'attribue et qui annonce celui qui, venant sur les nuées, règnera éternellement sur toutes les nations (Dn 7, 13-14). C'est avec cette expression que Jésus a toujours annoncé sa mort et sa résurrection. Celui qui juge et qui régénère, c'est le Fils de l'homme, mort sur la croix et ressuscité.

« **Dans la régénération (dans le siècle nouveau)** ». Autrement dit, une reprise du dessein du Créateur qui va enfin s'accomplir. Le monde n'est pas promis à une destruction, il est promis à une régénération. Le but de cette conférence sera de détailler la consistance de ce temps nouveau.

« **Vie éternelle** » : La « régénération » ou « le siècle nouveau », ce n'est pas encore la vie éternelle, c'est un « temps intermédiaire », la préparation à la vie éternelle.

« **Son trône** » : Le Christ va s'asseoir sur un trône : c'est la position du roi qui juge, il jugera la réponse à l'évangélisation du monde que certains auront fait fructifier, préparant ainsi le royaume de Dieu, mais que d'autres auront refusée et remplacée par des contrefaçons, préparant l'Antichrist.

« **Douze trônes** » : Les disciples de Jésus vont aussi siéger sur des trônes. Cela ne signifie pas qu'ils vont revenir sur la terre : de même que Jésus reviendra dans la gloire, de même ses disciples vont apparaître avec le Christ, à la manière des apparitions du Christ ressuscité. Le chiffre douze se réfère au travail de l'évangélisation issu des douze apôtres, le 12e étant Mathias et non pas Judas.

La venue glorieuse du Christ expliquée aux jeunes

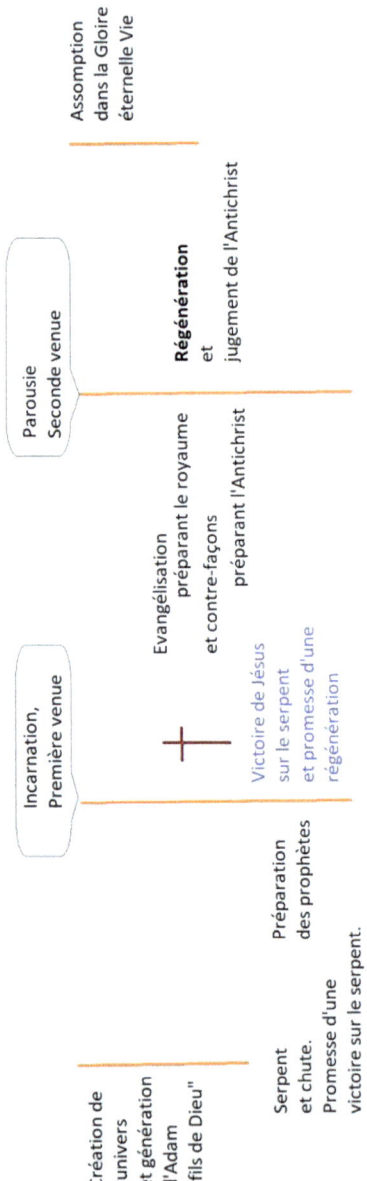

2. Accomplissement de la création et sens de l'histoire

« Toute la création espère et attend la révélation des fils de Dieu. Car la création a été assujettie au néant, non de son gré, mais à cause de celui qui l'a assujettie, concernant l'espérance qu'elle aussi sera libérée de l'esclavage de la corruption, [pour entrer] dans la liberté de la gloire des fils de Dieu » (Rm 8, 19-21 – araméen).

La création de l'univers fut un acte créatif et un acte conservateur. Toutes les choses créées : les cieux, la terre, le soleil, tout, ayant été créé par la très sainte Trinité, celle-ci a le droit de les habiter, et, en demeurant en elle, le Créateur les conserve dignement, en les maintenant toujours belles et neuves.

La création de l'homme fut différente : à l'acte créateur et conservateur s'ajoute un acte continu de sorte que l'homme puisse ressembler à Dieu, lui le Dieu trois fois saint qui ne sait que créer des êtres saints, beaux et heureux tels que Lui. Le premier chapitre du livre de la Genèse évoque la création de l'homme, Dieu parle, il parle à l'homme lorsqu'il sera éveillé. La création de l'abîme recouvert des ténèbres (Gn 1, 2) représente la dimension de l'homme qui ne lui serait pas connue si elle ne lui était pas révélée. Cet abîme recouvert de ténèbres représente l'instauration divine de nouvelles possibilités de vie. L'homme en effet se renouvelle dans ses pensées, ses paroles, ses œuvres. La nature humaine, selon le dessein du créateur, comporte une participation au souffle divin, à sa palpitation, au flux continuel de sa vie. L'homme est donc appelé à échanger son amour avec l'amour de Dieu, et à lui céder sa volonté pour vivre dans le divin vouloir. L'humanité est appelée à s'approprier ce que Dieu a mis à sa disposition, or Dieu a donné sa vie pour pouvoir reproduire sa ressemblance dans sa créature humaine.

A l'origine, l'homme connaissait clairement les vérités divines, il connaissait aussi les vertus bénéfiques possédées par les choses créées au profit des créatures.

La chute d'Adam aurait pu entraîner l'anéantissement de tout l'univers dont le but est que l'homme vive de la vie divine. Depuis que l'humanité ne veut plus recevoir la divine volonté en tant que vie, le Créateur se trouve dans la situation d'un riche seigneur, qui, après avoir bâti un grand et beau palais, y est reçu à coups de pierres.

La promesse et le Rédempteur
Si l'univers a été maintenu dans l'existence, c'est sans aucun doute à cause de la promesse qui suit immédiatement la chute : « Je mettrai une hostilité entre toi et la femme, dit Dieu au serpent, entre ton lignage et le sien ; *il* (le lignage ou un homme dans celui-ci) t'écrasera la tête et tu l'atteindras au talon » (Gn 3, 15). Le Créateur, avec une immense bonté, a dispensé les effets de sa divine volonté qui sont ses lois, et cela dès l'Ancien Testament, puis dans le temps de l'Eglise, l'exemple de Jésus et les sacrements.

Au moment de la Venue glorieuse de Jésus, la « Parousie », ceux qui auront refusé la grâce offerte en Jésus n'auront plus le droit de vivre sur la Terre. C'est ce que l'Apocalypse dit en parlant de la Bête et du faux prophète expulsés et jetés dans l'étang de feu (Ap 19, 20). Seuls ceux qui veulent le règne de Dieu, - le règne de son divin vouloir - pourront vivre sur la Terre, et vivront de l'instauration de la vie divine. Le but de la création va s'accomplir.

3. Méprises, contresens et oubli

Certaines interprétations absurdes ont discrédité la réalité du Royaume à venir, surtout de la part de gréco-latins. Par exemple, saint Justin (±102 - martyr vers 166 à Rome), probablement par souci de simplifier, plaçait la résurrection générale des corps lors de la Venue glorieuse du Christ déjà : « Nous savons qu'une résurrection de la chair arrivera pendant mille ans dans Jérusalem rebâtie, décorée et agrandie » (*Dialogue avec Tryphon*, 80). Il faudra beaucoup l'agrandir…

Saint Augustin (354-430) enseignait d'abord le temps de la régénération, qu'il appelle, comme beaucoup d'autres, le « septième jour » avant le « huitième jour » qui figure l'éternelle vie (Sermon 259). Mais au livre XX de *La Cité de Dieu,* saint AUGUSTIN exclut nettement la perspective de la régénération. De la sorte, à la fin de sa vie, saint Augustin (période moraliste) nous a laissé imaginer que la Venue glorieuse du Christ n'était rien d'autre que la fin et la mort du monde, avec le Jugement.

Il y eut ensuite une lente dérive intellectualiste qui remonte à l'époque médiévale, quand des Universités ont acquis un certain monopole de l'interprétation des Écritures. Pour un intellectuel, ce qui concerne l'avenir n'étant pas rationnel, ce n'est pas un sujet !

Pour aggraver la situation, les chrétiens d'Occident perdirent le contact avec les chrétiens d'Orient. Même l'œuvre magistrale du grand saint Irénée, disciple de saint Polycarpe, lui-même disciple de saint Jean, fut en partie oubliée. La première édition imprimée par Erasme (1467-1536) de son *Traité contre les hérésies* est tronquée de toute la fin du texte, et se terminait sur l'idée de jugement (V, 31, 2) or la véritable conclusion, celle qui fut oubliée, donne la raison d'être du royaume des justes (V, 36, 3).

Nous avons donc structuré notre pensée occidentale sur l'oubli du temps de la régénération et nous sommes enfermés dans le moralisme. Il est vrai que la terre est « la maison commune », et que trier ses déchets, « c'est bon pour la planète » ; avec inquiétude ou avec fierté, notre génération se sent responsable du destin du monde, et c'est bien. L'interdépendance est générale (commerciale, écologique, climatique) et il est évident que l'espérance ne peut pas être uniquement individuelle. Cependant, dire cela, c'est en rester à un moralisme. Ce n'est pas encore donner une espérance, et beaucoup d'hommes – et de jeunes – sont actuellement en pleine désespérance !

Les uns croient que le monde étant voué à la destruction, autant verser dans le nihilisme. D'autres, plus moralistes, considèrent que ce monde est tellement corrompu que plus vite il sera détruit, mieux ce sera.

À l'inverse, d'autres se forgent des croyances que l'on pourrait appeler des messianismes politiques, c'est-à-dire qu'ils prétendent vouloir réaliser sur la terre ce qui ne peut s'accomplir que dans la puissance de la Parousie. Il y aurait ainsi des royaumes de Dieu sur la terre. Si vous en avez rencontré un, écrivez à l'auteur !

Un schéma montre les fausses questions qui surgissent à cause de l'oubli de la Venue glorieuse du Christ :

La venue glorieuse du Christ expliquée aux jeunes

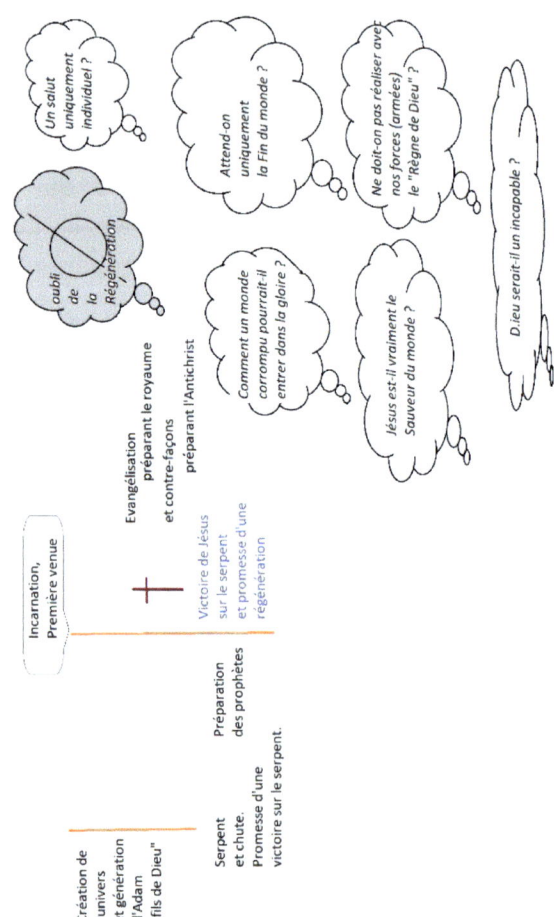

4. L'Antichrist et son jugement

Le schéma suivant, inspiré des personnages de l'Evangile, donne une idée de l'organisation de l'Antichrist :

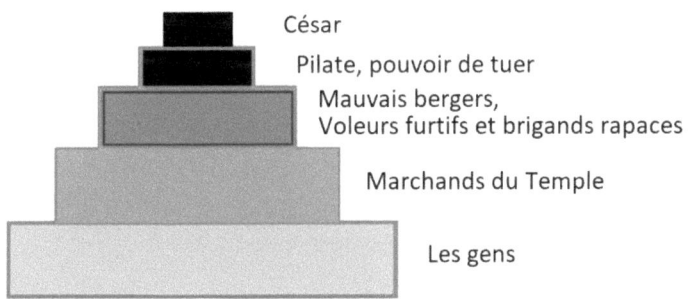

La manifestation glorieuse du Christ que nous attendons dans le monde est un événement objectif qui anéantira l'Antichrist (2Th 2, 3-12). L'Apocalypse donne plus de détails en parlant de la Bête et du faux prophète. Elle évoque le salut de ceux qui refusent « la marque de la bête », sans préciser qu'ils soient tous chrétiens, c'est pourquoi une entente avec les non-chrétiens dans la lutte contre l'Antichrist est dans une certaine mesure tout à fait possible. C'est le premier point à souligner : l'Apocalypse mentionne en effet « ceux qui furent décapités pour le témoignage de Jésus et la Parole de Dieu, et tous ceux qui refusèrent d'adorer la Bête et son image, de se faire marquer sur le front ou sur la main ; ils reprirent vie et régnèrent avec le Christ mille années » (Ap 20, 4). Ceux qui se seront opposé à l'Antichrist auront donc le privilège de se manifester avec les saints auprès de ceux qui seront encore sur la terre pendant la Parousie (1Th 3, 13).

Le second point à souligner, c'est la naïveté qui fait croire qu'il n'y a ni Antichrist, ni bête, ni marque de la bête. L'Eglise ne peut pas se comporter « comme si » la société était inspirée de valeurs chrétiennes, autrement dit, comme si les chefs recherchaient le bien commun avec un sens du devoir, de la parole donnée, etc. La promesse du royaume aux persécutés sous-entend une confrontation : « Heureux les persécutés pour la justice, car le Royaume des Cieux est à eux » (Mt 5, 10). Certes, l'Occident a connu une certaine « chrétienté », mais, depuis la Renaissance, la société n'est plus inspirée de valeurs chrétiennes. Au début du XVIe siècle, dans son livre « Le Prince », Nicolas Machiavel, homme politique et écrivain florentin, montre comment devenir prince et le rester, et conseille dans certains cas des actions contraires aux bonnes mœurs, donnant lieu à l'épithète machiavélique... De nos jours, la naïveté dans le rapport des chrétiens au monde peut avoir de fâcheuses conséquences.

Pour autant, il n'appartient pas aux chrétiens de juger les hommes. Jésus, dans la parabole du bon grain et de l'ivraie est clair (Mt 13) : l'ivraie sera arrachée par les anges au moment de la Venue en gloire de Notre Seigneur !

C'est là toute la différence entre la foi chrétienne et ses plagiats. On trouve des contrefaçons de l'espérance chrétienne très diverses, laïques ou par exemple musulmanes. Ces contrefaçons rendent les gens très manipulables, il suffit de désigner « l'antichrist » à abattre (soi-même) pour faire advenir le « règne de la divinité ». Ces « messianismes » produisent des millions de morts, c'est pourquoi ils ont été dénoncés par l'Eglise (CEC 676).

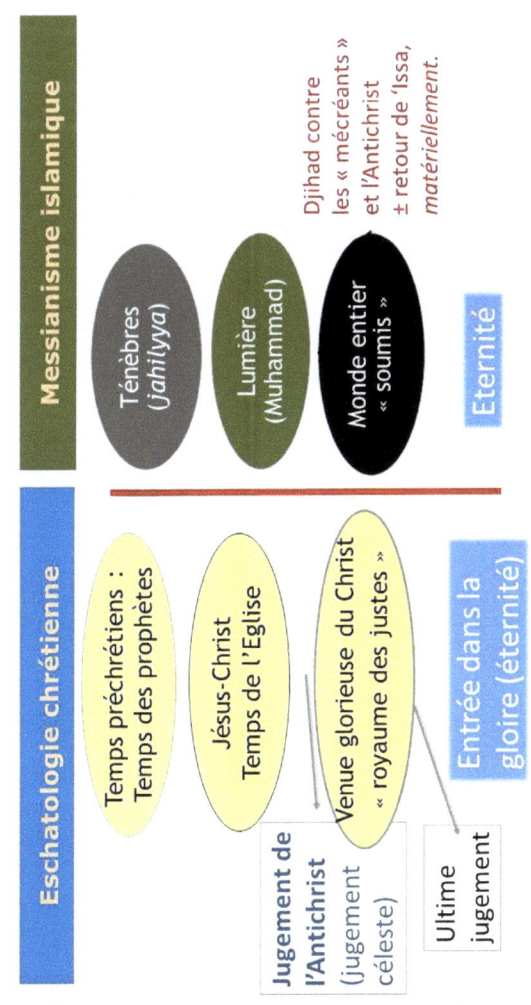

La venue glorieuse du Christ expliquée aux jeunes

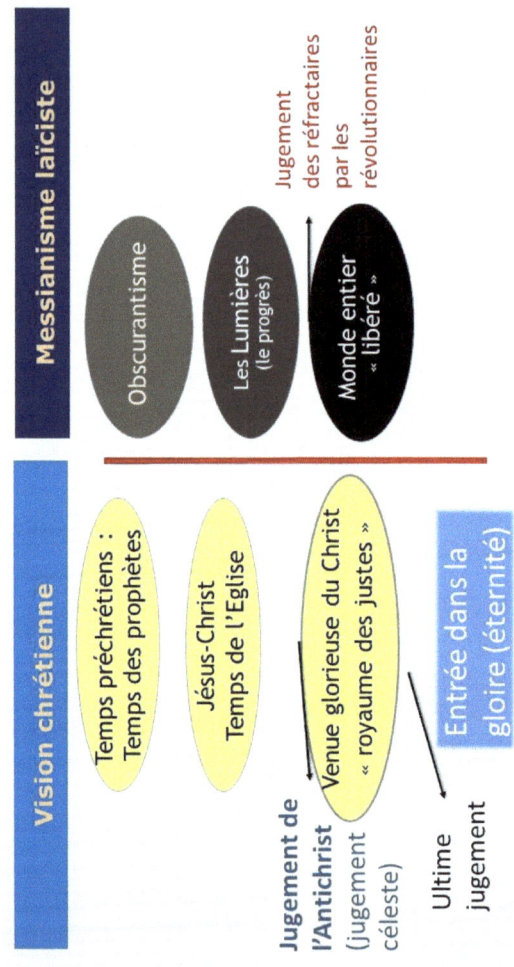

5. Le temps de la Parousie ou Venue glorieuse du Christ

Le mot Parousie désignait la « Joyeuse entrée », quand un roi rendait visite à une ville de son royaume ; mais le terme lui-même évoque aussi une présence dans la durée.

Lors de la Parousie, le monde, libéré de l'emprise du Mal, deviendra « le prélude de l'incorruptibilité, royaume par lequel ceux qui en auront été jugés dignes s'accoutumeront peu à peu à saisir Dieu »[65], comme l'a pensé et écrit Irénée évêque de Lyon et mort martyr autour de l'an 201.

Après le Jugement de l'Antichrist, ne resteront sur terre comme adultes que ceux qui se seront réjouis de la « manifestation du Christ ». L'inventivité et la ténacité humaines seront bien utiles pour résoudre les immenses problèmes de survie et de réorganisation qui se poseront, et l'aide de ceux du Ciel – les Anges et les Saints – y contribuera (cf. 1Th 3, 13).

Beaucoup n'auront pas immédiatement une profonde relation à Dieu, ils auront tout à découvrir ; pour autant, leur relation à Lui, même empreinte de préoccupations intéressées, exclura toute influence du Mal, car ils n'en voudront plus. Tel est le sens de l'image du « Diable, Satan » qui est « enchaîné » et « jeté dans l'abîme », des verrous étant tirés derrière lui et des sceaux étant posés (Ap 20, 2-3).

Le « Royaume des justes » dont parle saint Irénée n'est pas un Règne où le Christ assumerait des responsabilités politiques

---

[65] Saint IRENEE, *Contre les hérésies*, V, 32, 1

(suprêmes), il s'agit de l'organisation politique que les hommes auront à mettre eux-mêmes en place, sous sa Lumière, et que Jésus ultimement « remettra au Père » (1Co 15, 24) !

Tout le monde ne sera pas saint instantanément, mais les gens seront portés et vont découvrir de plus en plus que l'Eucharistie peut être intensément comme communion des saints. Même s'il faut toujours faire un effort pour s'entendre, il n'y aura plus de la jalousie parce que la grâce du Christ sera reconnue et chacun se réjouira ainsi au sujet de l'autre, et chacun prend sa part de responsabilité.

Par la vision du Christ glorieux, les gens pourront sentir la paternité de Dieu, comme a dit Jésus : « Qui m'a vu a vu le Père » (Jn 14, 9).

Tout l'enjeu du temps de la Parousie (1000 ans !), c'est de faire réussir le dessein du Créateur, notre Père, et d'entrer communautairement dans un acte continu d'union à la divine volonté. En effet, le Créateur désire donner sa volonté en tant que vie continue dans la créature qui veut ce que Dieu crée.

A la fin de la Parousie, l'humanité sera ferme dans sa décision pour Dieu et son Oui à Dieu sera continu. Cet ultime « Oui » sera capable de démasquer une ultime manifestation de puissance satanique tentant de séduire l'humanité de sorte Satan sera rejeté en enfer définitivement (Ap 20, 9-10). Alors, la « Jérusalem céleste » viendra à la rencontre de la « Jérusalem terrestre » pour l'emmener dans la gloire (Ap 21).

Table des matières

Avant-propos 3
Tous ensemble, vers où ? 5
Recueil de chants d'inspiration biblique 13
Pièce de théâtre inspirée du livre de l'Apocalypse 21
L'histoire du salut en 6 étapes 57
Et maintenant… 72
Pour les adultes accompagnateurs 77
Table des matières 93
Du même auteur 94

Du même auteur

La Venue glorieuse du Christ. Véritable espérance pour le monde. Editions du Jubilé 2016. « Solidement ancré sur les fondements scripturaires et patristiques, le livre de Françoise Breynaert nous expose l'enseignement de l'Église sur le retour glorieux du Christ. » (+ Mgr Dominique Rey)

L'Apocalypse revisitée. Une composition orale en filet. Imprimatur Mgr Batut, Parole et Silence 2022.

Jalons d'une espérance sans violence à la lumière de la Fatiha. BoD (janvier 2022). Un petit ouvrage à destination d'un public de jeunes à majorité musulmane.

Parcours biblique, Le berceau de l'Incarnation, Parole et Silence, Paris 2016. Imprimatur de Mgr Ulrich. Son originalité est son caractère complet et paroissial, avec une note mariale.

Parcours de christologie du II° au XXI° siècle. Imprimatur. Parole et Silence, Paris 2016.

Que tous soient Un, avec Marie. BoD, 2016 : formation donnée au cycle A du Chemin Neuf.

La bonne nouvelle aux défunts, nouveau paradigme de la théologie des religions, Via romana, Versailles, 2014 (Préface Mgr Minnerath). Il s'agit surtout de la question du salut des non chrétiens.

De l'Église primitive à l'humanité restaurée, Lire le Cantique des cantiques avec Origène (préface M. Canevet), Cerf, Paris 2017

Jean, L'évangile en filet. L'oralité d'un texte à vivre. Parole et Silence 2020 : « Ce livre constitue un cadeau au bon moment. Il nous ramène à l'essentiel de ce qui a fait le fondement du Christianisme : c'est la parole – le récit – qui faisait foi. Ce récit est transmis par une communauté vivante » (+ Mgr Mirkis – Irak) .

Trente-trois jours pour se consacrer à Jésus-Christ par Marie, EDB, Nouan le Fuzelier, 2012 (Nihil obstat).

Préparer dès maintenant le retour glorieux du Christ, avec les écrits de Luisa Piccarreta (préface Mgr Rey), Téqui 2018. Il s'agit de la vie dans la divine volonté : apprendre à unir notre volonté à celle de Dieu dans le quotidien.

À *paraître :* « Le premier témoignage de Pierre et Jean ». Dans la ligne de Marcel Jousse et Pierre Perrier, et des chrétiens d'Orient.

Internet et contact : foi-vivifiante.fr

La venue glorieuse du Christ expliquée aux jeunes